中公文庫

文豪と女

憧憬・嫉妬・熱情が渦巻く短編集

長山靖生編

中央公論新社

目次

文豪と女

憧憬・嫉妬・熱情が渦巻く短編集

杯

森 鷗外

温泉宿から鼓が滝へ登って行く途中に、清冽な泉が湧き出ている。

水は井桁の上に凸面をなして、盛り上げたようになって、余ったのは四方へ流れ落ちるのである。

青い美しい苔が井桁の外《そと》を掩うている。

夏の朝である。

泉を繞る木々の梢には、今まで立ち籠めていた靄が、まだちぎれちぎれになって残っている。

万斛の玉を転ばすような音をさせて流れている谷川に沿うて登る小道を、温泉宿の方から数人の人が登って来るらしい。

賑やかに話しながら近づいて来る。

小鳥が群がって囀るような声である。

皆子供に違ない。女の子に違ない。

「早く入らっしゃいよ。いつでもあなたは遅《おく》れるのね。早くよ」

「待って入らっしゃいよ。石がごろごろしていて歩きにくいのですもの」

後《おく》れ先立《さきだ》つ娘の子の、同じような洗髪を結んだ、真赤な、幅の広いリボンが、ひらひらと蝶が群れて飛ぶように見えて来る。

これもお揃の、藍色の勝った湯帷子《ゆかた》の袖が翻る。足に穿いているのも、お揃の、赤い端緒の草履である。

「わたし一番よ」

「あら。ずるいわ」

先を争って泉の傍に寄る。七人である。

年は皆十一二位に見える。きょうだいにしては、余り粒が揃っている。皆美しく、稍々なまめかしい。お友達であろう。

この七顆の珊瑚の珠を貫くのは何の緒か。誰が連れて温泉宿には来ているのだろう。

漂う白雲の間を漏れて、木々の梢を今一度漏れて、朝日の光が荒い縞のように泉の畔に差す。

真赤なリボンの幾つかが燃える。

娘の一人が口に銜んでいる丹波酸漿を膨らませて出して、泉の真中に投げた。

凸面をなして、盛り上げたようになっている水の上に投げた。

酸漿は二三度くるくると廻って、井桁の外《そと》へ流れ落ちた。

「あら。直ぐにおっこってしまうのね。わたしどうなるかと思って、楽みにして遣って見たのだわ」

「そりゃあおっこちるわ」

「おっこちるということが前から分っていて」

「分っていてよ」

「嘘ばっかし」

打つ真似をする。藍染の湯帷子の袖が翻る。

「早く飲みましょう」

「そうそう。飲みに来たのだったわ」

「忘れていたの」

「ええ」

「まあ、いやだ」

手ん手に懐を捜って杯を取り出した。

青白い光が七本の手から流れる。

皆銀の杯である。大きな銀の杯である。

日が丁度一ぱいに差して来て、七つの杯はいよいよ耀く。七条の銀の蛇が泉を繞って奔る。

銀の杯はお揃で、どれにも二字の銘がある。

それは自然の二字である。

妙な字体で書いてある。何か拠《よりどころ》があって書いたものか。それとも独創の文字か。

かわるがわる泉を汲んで飲む。

濃い紅の唇を尖らせ、桃色の頰を膨らませて飲むのである。

木立のところどころで、じいじいという声がする。蟬が声を試みるのである。

白い雲が散ってしまって、日盛りになったら、山をゆする声になるのであろう。

この時只一人坂道を登って来て、七人の娘の背後に立っている娘がある。

第八の娘である。

背は七人の娘より高い。十四五になっているのであろう。

黄金色の髪を黒いリボンで結んでいる。

琥珀のような顔から、サントオレアの花のような青い目が覗いている。永遠の驚を以て自然を覗いている。

唇丈がほのかに赤い。
黒の縁《へり》を取った鼠色の洋服を着ている。
東洋で生れた西洋人の子か。それとも相の子か。
第八の娘は裳のかくしから杯を出した。
小さい杯である。
どこの陶器か。火の坑から流れ出た熔巌の冷《さ》めたような色をしている。
七人の娘は飲んでしまった。杯を漬《つ》けた跡のコンサントリックな圏《わ》が泉の面に消えた。
凸面をなして、盛り上げたようになっている泉の面に消えた。
第八の娘は、藍染の湯帷子の袖と袖との間をわけて、井桁の傍に進み寄った。
七人の娘は、この時始てこの平和の破壊者のあるのを知った。
そしてその琥珀いろの手に持っている、黒ずんだ、小さい杯を見た。
思い掛けない事である。
七つの濃い紅の唇は開《ひら》いた儘で詞がない。
蟬はじいじいと鳴いている。
良久《ややひさ》しい間、只蟬の声がするばかりであった。
一人の娘がようようの事でこう云った。

「お前さんも飲むの」

声は訝《いぶかり》に少しの瞋《いかり》を帯びていた。

第八の娘は黙って頷いた。

今一人の娘がこう云った。

「お前さんの杯は妙な杯ね。一寸拝見」

声は訝《いぶかり》に少しの侮《あなどり》を帯びていた。

第八の娘は黙って、その熔巌の色をした杯を出した。

小さい杯は琥珀いろの手の、腱《けん》ばかりから出来ているような指を離れて、薄紅のむっくりした、一つの手から他の手に渡った。

「まあ、変にくすんだ色だこと」

「これでも瀬戸物でしょうか」

「石じゃあないの」

「火事場の灰の中から拾って来たような物なのね」

「墓の中から掘り出したようだわ」

「墓の中は好かったね」

七つの喉から銀の鈴を振るような笑声が出た。

第八の娘は両臂を自然の重みで垂れて、サントオレアの花のような目は只じいっと空《くう》を見ている。

一人の娘が又こう云った。

「馬鹿に小さいのね」

今一人が云った。

「そうね。こんな物じゃあ飲まれはしないわ」

今一人が云った。

「あたいのを借そうか知ら」

愍《あわれみ》の声である。

そして自然の銘のある、耀く銀の、大きな杯を、第八の娘の前に出した。

第八の娘の、今まで結んでいた唇が、此時始て開《ひら》かれた。

"MON. VERRE. N' EST. PAS. GRAND. MAIS. JE. BOIS. DANS. MON. VERRE"

沈んだ、しかも鋭い声であった。

「わたくしの杯は大きくはございません。それでもわたくしはわたくしの杯で戴きます」

と云ったのである。

七人の娘は可哀らしい、黒い瞳で顔を見合った。

言語が通ぜないのである。

第八の娘の両臂は自然の重みで垂れている。

言語は通ぜないでも好《い》い。

第八の娘の態度は第八の娘の意志を表白して、誤解すべき余地を留めない。

一人の娘は銀の杯を引っ込めた。

自然の銘のある、耀く銀の、大きな杯を引っ込めた。

今一人の娘は黒い杯を返した。

火の坑から湧き出た熔巌の冷《さ》めたような色をした、黒ずんだ、小さい杯を返した。

第八の娘は徐かに数滴の泉を汲んで、ほのかに赤い唇を潤した。

少女病

田山花袋

一

山手線の朝の七時二十分の上り汽車が、代々木の電車停留場の崖下を地響させて通る頃、千駄谷の田畝《たんぼ》をてくてくと歩いて行く男がある。此男の通らぬことはいかな日にもないので、雨の日には泥濘の深い田畝道に古い長靴を引ずって行くし、風の吹く朝には帽子を阿弥陀に被《かぶ》って塵埃を避けるようにして通るし、沿道の家々の人は、遠くから其姿を見知って、もうあの人が通ったから、あなたお役所が遅くなりますなどと春眠いぎたなき主人を揺り起す軍人の細君もある位だ。

此男の姿の此田畝道にあらわれ出したのは、今から二月ほど前、近郊の地が開けて、新しい家作が彼方の森の角、此方の丘の上に出来上って、某少将の邸宅、某会社重役の邸宅などの大きな構《かまえ》が、武蔵野の名残の櫟《くぬぎ》の大並木の間からちらちらと画のように見える頃であったが、其櫟《くぬぎ》の並木の彼方に、貸家建の家屋が五六軒並んであるというから、何でも其処等に移転して来た人だろうとの専らの評判であった。

何も人間が通るのに、評判を立てる程のこともないのだが、淋しい田舎で人珍らしいのと、それに此男の姿がいかにも特色があって、そして鵞《あひる》の歩くような変てこな形をするので、何とも謂えぬ不調和――その不調和が路傍の人々の閑な眼を惹くもととなった。

年の頃三十七八、猫背で、獅子鼻で、反歯で、色が浅黒くッて、頬髯が煩さそうに顔の半面を蔽って、鳥渡見ると恐ろしい容貌、若い女などは昼間出逢っても気味悪く思う程だが、それにも似合わず、眼には柔和なやさしいところがあって、絶えず何物をか見て憧れて居るかのように見えた。足のコンパスは思切って広く、トットと小きざみに歩くその早さ！　演習に朝出る兵隊さんもこれにはいつも三舎を避けた。

大抵洋服で、それもスコッチの毛の摩《す》れてなくなった鳶色の古背広、上にはおったインバネスも羊羹色に黄《き》ばんで、右の手には犬の顔のすぐ取れる安ステッキをつき、柄《がら》にない海老茶色の風呂敷包をかかえながら、左の手はポケットに入れて居る。

四ツ目垣の外を通り懸ると、

「今お出懸けだ！」

と、田舎の角の植木屋の主婦が口の中で言った。

其植木屋も新建の一軒家で、売物のひょろ松やら樫やら黄楊《つげ》やら八ツ手やらが其周囲にだらしなく植付られてあるが、其向うには千駄谷の街道を持っている新開の屋敷町が参差《しんし》として連って、二階の硝子窓には朝日の光が閃々《きら》と輝き渡った。左は角筈《つのはず》の工場の幾棟、細い煙筒からはもう労働に取懸った朝の煙がくろく低く靡いて居る。晴れた空には林を越して電信柱が頭だけ見える。

男はてくてくと歩いて行く。

田畝を越すと、二間幅の石ころ道、柴垣、樫垣、要垣、其絶間々々に硝子障子、冠木門、瓦斯燈と順序よく並んで居て、庭の松に霜よけの縄のまだ取られずに附いて居るのも見える。一二丁行くと千駄谷通りで、毎朝、演習の兵隊が駆足で通って行くのに邂逅する。西洋人の大きな洋館、新築の医者の構えの大きな門、駄菓子を売る古い茅葺の家、此処まで来ると、もう代々木の停留場の高い線路が見えて、新宿あたりで、ポーと電笛の鳴る音でも耳に入ると、男は其の大きな体を先へのめらせて、見得も何も構わずに、一散に走るのが例だ。

今日も其処に来て耳を欹てたが、電車の来たような気勢《けはい》も無いので、同じ歩調ですたすたと歩いて行ったが、高い線路に突当って曲る角で、ふと栗梅の縮緬の羽織をぞろりと着た恰好の好い庇髪の女の後姿を見た。鶯色のリボン、繻珍の鼻緒、おろし立ての白足袋、それを見ると、もう其胸は何となく時めいて、其癖何うの彼うのと言うのでもないが、唯嬉しく、そわそわして、其先へ追越すのが何だか惜しいような気がする様子である。男は此女を既に見知って居るので、少くとも五六度は其女と同じ電車に乗ったことがある。それどころか、冬の寒い夕暮、わざわざ廻り路をして其女の家を突留めたことがある。千駄ヶ谷の田畝の西の隅で、樫の木で取囲んだ奥の大きな家、其の総領娘であることをよく知って居る。眉の美しい、色の白い頰の豊かな、笑う時言うに言われぬ表情を其眉と眼との間にあらわす娘だ。

「もう何《ど》うしても二十二三、学校に通って居るのではなし……それは毎朝逢わぬのでもわかるが、それにしても何処へ行くのだろう」と思ったが、其思ったのが既に愉快なので、眼の前にちらつく美しい着物の色彩が言い知らず胸をそそる。「もう嫁に行くんだろう？」と続いて思ったが、今度はそれが何だか侘しいような惜しいような気がして、「己も今少し若ければ……」と二の矢を継いでだか、「何だ馬鹿々々しい、己《おれ》は幾歳だ、女房もあれば子供もある」と思い返した。思い返したが、何となく悲しい、何となく嬉しい。

代々木の停留場に上る階段の処で、それでも追い越して、衣ずれの音、白粉の香いに胸を躍したが、今度は振返りもせず、大足に、しかも駈けるようにして、階段を上った。

停留場の駅長が赤い回数切符を切って返した。此駅長も其他の駅夫も皆な此大男に熟《じゆく》して居る。性急《せつかち》で、慌て者で、早口であるということをも知って居る。

板囲いの待合所に入ろうとして、男はまた其前に兼ねて見知越の女学生の立って居るのを眼敏《さと》くも見た。

肉附きの好い、頰の桃色の、輪廓の丸い、それは可愛い娘だ。派手な縞物に、海老茶の袴を穿《は》いて、右手に女持の細い蝙蝠傘、左の手に、紫の風呂敷包を抱えて居るが、今日はリボンがいつものと違って白いと男はすぐ思った。

此娘は自分を忘れはすまい、無論知ってる！　と続いて思った。そして娘の方を見たが、娘は知らぬ顔をして、彼方《あっち》を向いて居る。あの位のうちは恥しいんだろう、と思うと堪らなく可愛くなったらしい。見ぬような振をして幾度となく見る、頻りに見る。――そしてまた眼を外《そら》して、今度は階段の処で追越した女の後姿に見入った。

電車の来るのも知らぬというように――。

二

此娘は自分を忘れはすまいと此男が思ったのは、理由のあることで、それには面白い一小挿話《エピソード》があるのだ。此娘とは何時でも同時刻に代々木から電車に乗って、牛込まで行くので、以前からよく其姿を見知って居たが、それと謂って敢て口を利《き》いたというのではない。唯相対して乗って居る、よく肥った娘だなアと思う。あの頰の肉の豊かなこと、乳の大きなこと、立派な娘だなどと続いて思う。それが度重なると、笑顔の美しいことも、耳の下に小さい黒子のあることも、込合った電車の吊皮にすらりとのべた腕の白いことも、信濃町から同じ学校の女学生とおりおり邂逅して蓮葉《はすっぱ》に会話を交ゆることも、何も彼もよく知るようになって、何処の娘かしらん？　などと、其家、其家庭が知り度くなる。

でも後をつけるほど気にも入らなかったと見えて、敢てそれを知ろうとも為《し》なかったが、ある日のこと、男は例の帽子、例のインバネス、例の背広、例の靴で、例の道を例のごとく千駄谷の田畝に懸って来ると、不図前から其肥った娘が、羽織の上に白い前懸をだらしなくしめて、半ば解き懸けた髪を右の手で押えながら、友達らしい娘と何事をか語り合いながら歩いて来た。何時も逢う顔に違った処で逢うと、何だか他人でないような気がするものだが、男もそう思ったと見えて、もう少しで会釈を為るような態度をして、急いだ歩調をはたと留めた。娘もちらと此方を見て、これも、「あああの人だナ、いつも電車に乗る人だナ」と思たらしかったが、会釈をするわけもないので、黙《だま》ってすれ違って了《しま》った。男はすれ違いざまに、「今日は学校に行かぬのかしらん？　そうか、試験休みか春休みか」と我知らず口に出して言って、五六間無意識にてくてくと歩いて行くと、不図黒い柔かい美しい春の土に、丁度金屏風に銀で画いた松の葉のようにそっと落ちて居るアルミニュウムの留針《ピン》。

娘のだ！

突如《いきなり》、振り返って、大きな声で、

「もし、もし、もし」

と連呼した。

娘はまだ十間ほど行ったばかりだから、無論此声は耳に入ったのであるが、今すれ違った大男に声を懸けられるとは思わぬので、振返りもせずに、友達の娘と肩を並べて静かに語りながら歩いて行く。朝日が美しく野の農夫の鋤の刃に光る。

「もし、もし、もし」

と男は韻《いん》を押《ふ》んだように再び叫んだ。

で、娘も振返る。見るとその男は両手を高く挙げて、此方を向いて面白い恰好をして居る。ふと、気が附いて、頭に手を遣ると、留針《ピン》が無い。はっと思って、「あら、私、嫌よ、留針を落してよ」と友達に言うでもなく言って、其儘、ばたばたと駈け出した。

男は手を挙げたまま、其のアルミニュウムの留針を持って待って居る。娘はいきせき駆けて来る。やがて傍に近寄った。

「何《ど》うも有難う……」

と、娘は恥しそうに顔を赧くして、礼を言った。四角の輪廓をした大きな顔は、さも嬉しそうに莞爾莞爾《にこにこ》と笑って、娘の白い美しい手に其の留針を渡した。

「何うも有難う御座いました」

と、再び丁寧に娘は礼を述べて、そして踵を旋《めぐら》した。

男は嬉しくて為方が無い。愉快でたまらない。これであの娘、己の顔を見覚えたナ……と思う。これから電車で邂逅しても、あの人が私の留針を拾って呉れた人だと思うに相違ない。もし己が年が若くって、娘が今少し別嬪で、それでこういう幕を演ずると、面白い小説が出来るんだなどと、取留もないことを種々に考える。聯想は聯想を生んで、其身の徒らに青年時代を浪費して了ったことや、恋人で娶った細君の老いて了ったことや、子供の多いことや、自分の生活の荒涼としていることや、時勢に後れて将来に発達の見込のないことや、いろいろなことが乱れた糸のように縺れ合って、こんがらがって、殆ど際限がない。ふと、其の勤めて居る某雑誌社のむずかしい編輯長の顔が空想の中に歴々と浮んだと、急に空想を捨てて路を急ぎ出した。

三

此男は何処から来るかと言うと、千駄谷の田畝《たんぼ》を越して、櫟の並木の向うを通って、新建の立派な邸宅の門をつらねて居る間を抜けて、牛の鳴声の聞える牧場、樫の大樹の連って居る小径――その向うをだらだらと下った丘陵《おか》の蔭の一軒家、毎朝かれは其処から出て来るので、丈の低い要垣を周囲に取廻して、三間位と思われる家の構造《つくり》、床の低いのと屋根の低いのを見ても、貸家建ての粗雑《ぞんざい》な普請であることが解る。小さな門を中に入《はい》らなくとも、路から庭や座敷がすっかり見えて、篠竹の五六本生えて居る下に、沈丁花の小さいのが二三株咲いて居るが、其傍には鉢植の花ものが五つ六つだらしなく並べられてある。細君らしい二十五六の女が甲斐々々しく襷掛になって働いて居ると、四歳位の男の児と六歳位の女の児とが、座敷の次の間の縁側の日当りの好い処に出て、頻りを何事をか言って遊んで居る。

家の南側に、釣瓶《つるべ》を伏せた井戸があるが、十時頃になると、天気さえ好ければ、細君は其処に盥を持ち出して、頻りに洗濯を遣る。着物を洗う水の音がざぶざぶと長閑に聞えて、隣の白蓮の美しく春の日に光るのが、何とも言えぬ平和な趣をあたりに展げる。細君は成程もう色は衰えて居るが、娘盛りにはこれでも十人並以上であろうと思われる。やや旧派の束髪に結って、ふっくりとした前髪を取ってあるが、着物は木綿の縞物を着て、海老茶色の帯の末端《すえ》が地について、帯揚のところが、洗濯の手を動かす度に微かに揺《うご》く。少時《しばらく》すると、末の男の児が、かアちゃんかアちゃんと遠くから呼んで来て、傍に来ると、いきなり懐の乳を探った。まアお待ちよと言ったが、中々言うことを聞きそうにもないので、洗濯の手を前垂でそそくさと拭いて、前の縁側に腰をかけて、子供を抱いて遣った。其処へ総領の女の児も来て立って居る。

客間兼帯の書斎は六畳で、硝子の嵌った小さい西洋書箱《ほんばこ》が西の壁につけて置かれてあって、栗の木の机がそれと反対の側に据えられてある。床の間には春蘭の鉢が置かれて、幅物は偽物の文晁の山水だ。春の日が室の中までさし込むので、実に暖い、気持が好い。机の上には二三の雑誌、硯箱は能代塗の黄い木地の木目が出ているもの、そして其処に社の原稿紙らしい紙が春風に吹かれて居る。

此主人公は名を杉田古城と謂って言うまでもなく文学者。若い頃には、相応に名も出て、二三の作品は随分喝采されたこともある。いや、三十七歳の今日、こうしてつまらぬ雑誌社の社員になって、毎日毎日通って行って、つまらぬ雑誌の校正までして、平凡に文壇の地平線以下に沈没して了おうとは自らも思わなかったであろうし、人も思わなかった。けれどこうなったのには原因がある。此男は昔から左様だが、何うも若い女に憧れるという悪い癖がある。若い美しい女を見ると、平生は割合に鋭い観察眼もすっかり権威を失って了う。若い時分、盛に所謂少女小説を書いて、一時は随分青年を魅せしめたものだが、観察も思想もないあくがれ小説がそういつまで人に飽きられずに居ることが出来よう。遂には此男と少女と謂うことが文壇の笑草の種となって、書く小説も文章も皆な笑い声の中に没却されて了った。それに、其容貌が前にも言った通り、此上もなく蛮カラなので、いよいよそれが好い反映《コントラスト》をなして、あの顔で、何うしてああだろう、打見た所は、いかな猛獣とでも闘うというような風采と体格とを持って居るのに……。これも造化の戯れの一つであろうという評判であった。

ある時、友人間で其噂があった時、一人は言った。

「何うも不思議だ。一種の病気かも知れんよ。先生のは唯、あくがれるというばかりなのだからね。美しいと思う、唯それだけなのだ。我々なら、そういう時には、すぐ本能の力が首を出して来て、唯、あくがれる位では何うしても満足が出来んがね」

「そうとも、生理的に、何処か陥落《ロスト》して居るんじゃないかしらん」

と言ったものがある。

「生理的と言うよりも性質じゃないかしらん」

「いや、僕は左様は思わん。先生、若い時分、余に恣《ほしいまま》なことをしたんじゃないかと思うね」

「恣とは？」

「言わずとも解るじゃないか……。独りで余り身を傷つけたのさ。その習慣が長く続くと、生理的に、ある方面がロストして了って、肉と霊とがしっくり合わんそうだ」

「馬鹿な………」

と笑ったものがある。

「だッて、子供が出来るじゃないか」

と誰かが言った。

「それは子供は出来るさ……」と前の男は受けて、「僕は医者に聞いたんだが、其結果は色々ある相だ。烈しいのは、生殖の途が絶たれて了うそうだが、中にはは先生のようになるのもあるということだ。よく例があるって……僕にいろいろ教えて呉れたよ。僕は屹度そうだと思う。僕の鑑定は誤《あやま》らんさ」

「僕は性質だと思うがね」

「いや、病気ですよ、少し海岸にでも行って好い空気でも吸って、節慾しなければいかんと思う」

「だって、余りおかしい、それも十八九とか二十二三とかなら、そういうこともあるかも知れんが、細君があって、子供が二人まであって、そして年は三十八にもなろうと言んじゃないか。君の言うことは生理学万能で、何うも断定過ぎるよ」

「いや、それは説明が出来る。十八九でなければそういうことはあるまいと言うけれど、それはいくらもある。先生、屹度今でも遣って居るに相違ない。若い時、ああいう風で、無闇に恋愛神聖論者を気取って、口では綺麗なことを言って居ても、本能が承知しないから、つい自から傷けて快を取るというようなことになる。そしてそれが習慣になると、病的になって、本能の充分の働を為ることが出来なくなる。先生のは屹度それだ。つまり、前にも言ったが、肉と霊とがしっくり調和することが出来んのだよ。それにしても面白いじゃないか、健全を以て自からも任じ、人も許して居たものが、今では不健全も不健全、デカダンの標本になったのは、これというのも本能を蔑《ないがしろ》にしたからだ。君達は僕が本能万能説を抱いて居るのをいつも攻撃するけれど、実際、人間は本能が大切だよ。本能に従わん奴は生存して居られんさ」と滔々として弁じた。

四

電車は代々木を出た。

春の朝は心地が好い。日がうらうらと照り渡って、空気はめずらしくくっきりと透徹《すきとお》って居る。富士の美しく霞んだ下に大きい櫟林が黒く並んで、千駄谷の凹地に新築の家屋の参差《しんし》として連って居るのが走馬灯のように早く行過ぎる。けれど此無言の自然よりも美しい少女の姿の方が好いので、男は前に相対した二人の娘の顔と姿とに殆ど魂を打込んで居た。けれど無言の自然を見るよりも活きた人間を眺めるのは困難なもので、余りしげしげ見て、悟られてはという気があるので、傍を見て居るような顔をして、そして電光のように早く鋭くながし眼を遣《つか》う。誰だか言った、電車で女を見るのは正面では余り眩《まば》ゆくっていけない、そうかと言って、余り離れても際立って人に怪まれる恐れがある、七分位に斜に対して座を占めるのが一番便利だと。男は少女にあくがれるのが病であるほどであるから、無論、此位の秘訣は人に教わるまでもなく、自然に其の呼吸を自覚して居て、いつでも其の便利な機会を攫《つか》むことを過まらない。

年上の方の娘の眼の表情がいかにも美しい。星――天上の星もこれに比べたなら其の光を失うであろうと思われた。縮緬のすらりとした膝のあたりから、華奢な藤色の裾、白足袋をつまだてた三枚襲の雪駄《せった》、ことに色の白い襟首から、あのむっちりと胸が高くなって居るあたりが美しい乳房だと思うと、総身が掻きむしられるような気がする。一人の肥った方の娘は懐からノウトブックを出して、頻りにそれを読み始めた。

すぐ千駄ヶ谷駅に来た。

かれの知り居る限りに於ては、此処から、少くとも三人の少女が乗るのが例だ。けれど今日は、何うしたのか、時刻が後れたのか早いのか、見知って居る三人の一人だも乗らぬ。その代りに、それは不器量《ぶきりょう》な、二目とは見られぬような若い女が乗った。この男は若い女なら、大抵な醜い顔にも、眼が好いとか、鼻が好いとか、色が白いとか、襟首が美しいとか、膝の肥り具合が好いとか、何かしらの美を発見して、それを見て楽むのであるが、今乗った女は、さがしても、発見されるような美は一ケ所も持って居らなかった。反歯、ちぢれ毛、色黒、見た丈でも不愉快なのが、いきなりかれの隣に来て座を取った。

信濃町の停留場は、割合に乗る少女の少いところで、曽て一度すばらしく美しい、華族の令嬢かと思われるような少女と膝を並べて牛込まで乗った記憶があるばかり、其後、今一度何うかして逢いたいもの、見たいものと願って居るけれど、今日までついぞかれの望は遂《と》げられなかった。電車は紳士やら軍人やら商人やら学生やらを多く載《の》せて、そして飛竜のごとく駛《はし》り出した。

隧道《トンネル》を出て、電車の速力が稍々緩《ゆる》くなった頃から、かれは頻りに首を停車場の待合所の方に注《そそ》いで居たが、ふと見馴れたリボンの色を見得たと見えて、其顔は晴々しく輝いて胸は躍った。四ツ谷からお茶の水の高等女学校に通う十八歳位の少女、身装《みなり》も綺麗に、ことにあでやかな容色《きりょう》、美しいと言ってこれほど美しい娘は東京にも沢山はあるまいと思われる。丈はすらりとして居るし、眼は鈴を張ったようにぱっちりとして居るし、口は緊《しま》って肉は痩せず肥らず、晴々した顔には常に紅《くれない》が漲って居る。今日は生憎乗客が多いので、其儘扉の傍に立ったが、「込合いますから前の方へ詰めて下さい」と車掌の言葉に余儀なくされて、男のすぐ前のところに来て、下げ皮に白い腕を延べた。男は立って代って遣りたいとは思わぬではないが、そうするとその白い腕が見られぬばかりではなく、上から見下ろすのは、いかにも不便なので、其儘席を立とうともしなかった。

込合った電車の中の美しい娘、これほどかれに趣味深くうれしく感ぜられるものはないので、今迄にも既に幾度となく其の嬉しさを経験した。柔かい着物が触る。得られぬ香水のかおりがする。温かい肉の触感が言うに言われぬ思いをそそる。ことに、女の髪の匂いと謂うものは、一種の烈しい望を男に起させるもので、それが何とも名状せられぬ愉快をかれに与えるのであった。

市谷、牛込、飯田町と早く過ぎた。代々木から乗った娘は二人とも牛込で下りた。電車は新陳代謝して、益々混雑を極める。それにも拘らず、かれは魂を失った人のように、前の美しい顔にのみあくがれ渡って居る。

やがてお茶の水に着く。

五

此男の勤めて居る雑誌社は、神田の錦町で、青年社という、正則英語学校のすぐ次の通りで、街道に面した硝子戸の前には、新刊の書籍の看板が五つ六つも並べられてあって、戸を開けて中に入ると、雑誌書籍の埒もなく取散された室の帳場には社主の難かしい顔が控えて居る。編輯室は奥の二階で、十畳の一室、西と南とが塞《ふさが》って居るので、陰気なこと夥しい。編輯員の机が五脚ほど並べられてあるが、かれの机は其の最も壁に近い暗いところで、雨の降る日などは、洋灯が欲しい位である。それに、電話がすぐ側にあるので、間断《ひっきり》なしに鳴って来る電鈴が実に煩《うるさ》い。先生、お茶の水から外濠線に乗換えて錦町三丁目の角まで来て下りると、楽しかった空想はすっかり覚めて了ったような佗しい気がして、編輯長と其の陰気な机とがすぐ眼に浮ぶ。今日も一日苦しまなければならぬかナァと思う。生活と謂うものはつらいものだとすぐ後を続ける。と、此世も何もないような厭な気になって、街道の塵埃が黄く眼の前に舞う。校正の穴埋めの厭なこと、雑誌の編輯の無意味なることが歴々《ちり》と頭に浮んで来る。殆ど留度が無い。そればかりならまだ好いが、半ば覚めてまだ覚め切らない電車の美しい影が、其佗しい黄い塵埃の間に覚束なく見えて、それが何だかこう自分の唯一の楽みを破壊して了うように思われるので、いよいよつらい。

編輯長がまた皮肉な男で、人を冷かすことを何とも思わぬ。骨折って美文でも書くと、杉田君、またおのろけが出ましたねと突込む。何ぞと謂うと、少女を持出して笑われる。で、おりおりはむっとして、己は子供じゃない、三十七だ、人を馬鹿にするにも程があると憤慨する。けれどそれはすぐ消えて了うので、懲《こ》りることもなく、艶っぽい歌を詠み、新体詩を作る。

　即ちかれの快楽と言うのは電車の中の美しい姿と、美文新体詩を作ることで、社に居る間は、用事さえ無いと、原稿紙を延《の》べて、一生懸命に美しい文を書いて居る。少女に関する感想の多いのは無論のことだ。

其日は校正が多いので、先生一人それに忙殺されたが、午後二時頃、少し片附いたので一息吐いて居ると、

「杉田君」

と編輯長が呼んだ。

「え？」

　と其方を向くと、

「君の近作を読みましたよ」と言って、笑って居る。

「そうですか」

「不相変《あいかわらず》、美しいねえ、何うしてああ綺麗に書けるだろう。実際、君を好男子と思うのは無理は無いよ。何とか謂う記者は、君の大きな体格を見て、其の予想外なのに驚いたと言うからね」

「そうですかナ」

　と、杉田は詮方なしに笑う。

「少女万歳ですな！」

と編輯員の一人が相槌を打って冷かした。

杉田はむっとしたが、下《くだ》らん奴を相手にしてもと思って、他方《わき》を向いて了った。実に癪に触る、三十七の己を冷かす気が知れぬと思った。

薄暗い陰気な室は何う考えて見ても侘しさに耐えかねて巻煙草を吸うと、青い紫の煙がすうと長く靡く。見詰めて居ると、代々木の娘、女学生、四谷の美しい姿などが、ごっちゃになって、縺れ合って、それが一人の姿のように思われる。馬鹿々々しいと思わぬではないが、しかし愉快でないこともない様子だ。

午後三時過、退出時刻が近くなると、家のことを思う。妻のことを思う。つまらんな、年を老って了ったとつくづく慨嘆する。若い青年時代を下《くだ》らなく過して、今になって後悔したとて何の役に立つ、本当につまらんなァと繰返す。若い時に、何故烈しい恋を為《し》なかった？　何故充分に肉のかおりをも嗅《か》がなかった？　今時分思ったとて、何の反響がある？　もう三十七だ。こう思うと、気が苛《いら》々して、髪の毛をむしり度くなる。

社の硝子戸を開けて戸外《おもて》に出る。終日の労働で頭脳《あたま》はすっかり労《つか》れて、何だか脳天が痛いような気がする。西風に舞い上る黄い塵埃、侘しい、侘しい。何故か今日は殊更に侘しくつらい。いくら美しい少女の髪の香に憧れたからって、もう自分等が恋をする時代ではない。また恋を為たいたッて、美しい鳥を誘う羽翼《はね》をもう持って居らない。と思うと、もう生きて居る価値が無い、死んだ方が好い、死んだ方が好い、死んだ方が好い、とかれは大きな体格を運びながら考えた。

顔色《かおつき》が悪い。眼の濁って居るのは其心の暗いことを示して居る。妻や子供や平和な家庭のことを念頭に置かぬではないが、そんなことはもう非常に縁故が遠いように思われる。死んだ方が好い？　死んだら、妻や子は何うする？　此念はもう微かになって、反響を与えぬほど其心は神経的に陥落《ロスト》して了った。寂しさ、寂しさ、寂しさ、此寂しさを救って呉れるものはないか、美しい姿の唯一つで好いから、白い腕に此身を巻いて呉れるものは無いか。そうしたら、屹度復活する。希望、奮闘、勉励、必ず其処に生命を発見する。この濁った血が新らしくなれると思う。けれど此男は実際それに由って、新しい勇気を恢復することが出来るか何うかは勿論疑問だ。

外濠の電車が来たのでかれは乗った。敏捷な眼はすぐ美しい着物の色を求めたが、生憎それにはかれの願いを満足させるようなものは乗って居らなかった。けれど電車に乗ったということだけで心が落付いて、これからが――家に帰るまでが、自分の極楽境のように、気がゆったりとなる。路側《みちばた》のさまざまの商店やら招牌《かんばん》やらが走馬灯のように眼の前を通るが、それがさまざまの美しい記憶を思い起させるので好い心地がするのであった。

お茶の水から甲武線に乗換えると、おりからの博覧会で電車は殆ど満員、それを無理に車掌の居る所に割込んで、兎に角右の扉の外に立って、確《しっか》りと真鍮の丸棒を攫んだ。ふと車中を見たかれははッとして驚いた。其硝子窓を隔ててすぐ其処に、信濃町で同乗した、今一度是非逢いたい、見たいと願って居た美しい令嬢が、中折帽や角帽やインバネスに殆ど圧《お》しつけられるようになって、丁度烏の群に取巻かれた鳩といったような風になって乗っている。

美しい眼、美しい手、美しい髪、何うして俗悪な此の世の中に、こんな綺麗な娘が居るかとすぐ思った。誰の細君になるのだろう、誰の腕に巻かれるのであろうと思うと、堪らなく口惜しく情けなくなって其結婚の日は何時だか知らぬが、其日は呪うべき日だと思った。白い襟首、黒い髪、鶯茶のリボン、白魚のような綺麗な指、宝石入の金の指輪――乗客が混《こみ》合って居るのと硝子越になって居るのとを都合の好いことにして、かれは心ゆくまで其の美しい姿に魂を打込んで了った。

水道橋、飯田町、乗客は愈多い。牛込に来ると、殆ど車台の外に押出されそうになった。かれは真鍮の棒につかまって、しかも眼を令嬢の姿から離さず、恍惚《うっとり》として自からわれを忘れるという風であったが、市谷に来た時、また五六の乗客があったので、押つけて押かえしては居るけれど、稍ともすると、身が車外に突出されそうになる。電線のうなりが遠くから聞えて来て、何となくあたりが騒々しい。ピイと発車の笛が鳴って、車台が一二間ほど出て、急にまた其速力が早められた時、何うした機会か少くとも横に居た乗客の二三が中心を失って倒れ懸って来た為めでもあろうが、令嬢の美に恍惚《うっとり》として居たかれの手が真鍮の棒から離れたと同時に、其の大きな体は見事に筋斗《とんぼ》がへりを打って、何の事はない大きな毬のように、ころころと線路の上に転り落ちた。危ないと車掌が絶叫したのも遅し早し、上りの電車が運悪く地を撼《うご》かして遣って来たので、忽ち其の黒い大きい一塊物は、あなやと言う間に、三四間ずるずると引摺られて、紅い血が一線長くレールを染めた。

非常警笛が空気を劈《つんざ》いてけたたましく鳴った。

白紙

立原道造

突然が僕を驚かす。僕はそのとき、発見したのだ。ひとりの少女は、埃りにまざって電車にのっていた。朝の空気が僕たちの間を流れる。僕たちは、眼と眼で、そっとうなずきあう。ちょうど知らない人間同士がするように。それから、僕は、何でもない数字を計算する。しかし、僕は自分の苦痛からはみ出そうとするこのたくらみに失敗する。すると僕は、動けなくなる。ぼんやり窓のところを見つめるきりだ。町が、走り去って行く窓のところを。

それが、はじめて出会ったその少女だった。……

だんだん上手になって行く想像、僕の傍でうっとり息をしている、羚羊のようなやわらかい瞳。遠近のある少女の身体。しかし、それは少しも彼女に似なくなる。僕は、四分の一の大きさの彼女をしか知らない。やがて僕は、海の底にいるメクラの魚のように苦しくなり出す。

これが、僕の愛情のきざしだった。

そして、僕は、朝の電車で、彼女に、しばしば出会うのだった。

或る日。僕は、親しい友人に、それを、うちあける。その友人が、秘蔵の写真のような僕のその少女を知りたがりはじめる。一種の怖れで、僕は、得意げな顔をする。それから、僕は、わけもわからず、顔を赤らめる。

友人同士が一しょにうまくやって行くのは、彼等を裏打ちしている苦痛のおかげにすぎないのだ。

僕と、その友人は、電車に乗る。僕たちの向いに、三人の少女が坐る。すると、彼はあわて出す。そして、僕に、そっとささやく。

――その一人は彼の知り合いだと。僕は、わざと知らない顔をさせる。彼の頰に、へんな線が浮ぶ。と、同じような線が、向いの少女の顔にも浮ぶのだ。僕ひとりが、わるくはしゃぎはじめる。向うの会話は何もきこえない。笑ったり眼を閉じたりする動作が僕たちの傍へやって来る。……

僕は、こんな風にして、愛情のなかへ沈んで行った。自分では、その沈んだ深さを測定出来ない。その結果、僕は、自分の愛情を見誤るのだった。

そして、あわてて、彼女に手紙を書く。だが、それをいつまでも彼女に渡せない。僕は、それを、ポケットのなかにそっとしまったのだ、学校の行きかえりに、ポケットが気になる。時間が、その手紙を、感情の汚点《しみ》で古くしてしまう。

うまい機会がやっとやって来る。

それは、午後の坂道だった。僕は、その少女とすれちがった。すれちがう汽車の速力が何も見せないように、僕に何も知らせない。

僕は、急に決心した。そして、彼女に手紙を渡したのだ。彼女は頰をあからめた、坂道をずんずんのぼりながら。僕は、立ったまま、彼女の靴の鳴るのを聞いた。するとかすかな心配がやって来た。……

すぐに彼女の返事が待ちきれなくなる。翌日は雨だった。雨だれの音が、身体のなかに入って来る。幾日もの間、不用だった一切が急に必要になる。僕は、自分をだますために、詩を作る。

（手紙。――……

ひとつの返事が来ると、それに返事したい新しい欲望
水仙のにおい
郵便切手を、しゃれたものに考えはじめる……）

毎日通う学校や、友人が、うるさくなる。僕は、病気のまねをする。

彼女の返事は来ないのだ。

こういうとき、彼女の肖像を想像することは、却って彼女を忘れさせる。それは、待っている時間は、待っていない時間よりも、その待っているものを見えなくするからだ。僕のなかで、だんだんひとりの少女が逃げて行く。僕には、それを追うことが出来ない。


そうして、毎日。昨日にました苦痛がやって来る。昨日は過去だ。過去は手術しない、僕は、苦痛のなかで、ぼんやりしている。僕が時計の文字板《カドラン》から読むのは、要するに数字にすぎない。僕の期待と無関係な時間なのだ。

或る夕方。僕は、いつかの友人と一しょに、此の間の坂道を歩く。僕はわざと陽気そうな笑い声を立てたりする。（それは、一銭銅貨の裏表のように苦痛にすぐ近いものなのだ。）

すると、にせ物の意地わるい天使が遠くからやって来る。僕は、最初、やさしい顔をし

てみせる。そのおかげでだんだん僕には今起っていることがわかるのだった。僕は、急に水のような空気を感じ出す。小さな魚や、古靴や、油や、蛾を。傍にいる友人が、不思議そうな眼で、僕の横顔を見つめる。彼には何もわからない。僕は、そうして僕を立ち去る。僕の肋骨や足に躓きながら、彼女から立ち去るようなふりをして。しかしその時、彼女は僕たちとすれちがっていた。……

庭の夜露

永井荷風

庭、と云っても三坪《みつぼ》に足りない殆ど箱庭同様のものであるけれど、何処《いずこ》を見ても屋根ばかりの喧《かしま》しい町中《まちなか》で、此れ丈けの空地に此れ丈けの青々した植木を眼にする事が出来ると云うのは、此の上ない幸福《しあわせ》だと、出入のものは一人として羨まぬものは無いのである。

成程、此の小庭《こにわ》は贅沢な先代のお爺さんが数寄《すき》を凝らした丈けに、夏から秋にかけての涼しい夜、御影《みかげ》の石灯籠に灯を入れると、打水の露に湿《ぬ》れた敷石や植込《うえごみ》の風情《ふぜい》は、毎日見馴れて居る家《うち》の人《もの》をも、少時《しばし》は縁先に佇《たたず》ませる事がある。何か分らぬ、細い虫の音《ね》が、最《も》う植込の陰から聞える時分となった。

昼間の暑さは残りなく払い去られ、店の奉公人どもも定めし屋根裏の物干台《ものほし》に、近所の女の噂でも為《し》て居る事であろう。妾《わたし》はこの二三日、良人《おっと》なる人が町内の者に誘われて、江の島見物に出掛けた留守なので、店の扱いは忠実な老番頭に任《ま》かせてはあり、これと云って用もない気儘な身体《からだ》の、夕暮の行水《ぎょうずい》に薄化粧《うすげしょう》をした後、糊の強《こわ》い縮《ちぢみ》の浴衣《ゆかた》に着換え、宛然《まるで》生れ変った様な好《よ》い心持になって、一人居間の二階の窓に身を寄せて見た。

窓の廂《ひさし》には毎《いつ》もの様に、小間使のお花が点《とも》して行った岐阜《ぎふ》提灯《ちょうちん》を、涼しい夜風がゆらゆらと揺り動かして居る。すると、一匹大きな火取虫が、ぶーんと羽音をさせながら、提灯の口から飛込んで、ばたばたとあばれ廻るので、妾《わたし》は鳥渡背伸《ちょいとせいの》びをして、提灯の底をさゝげて遣《や》ると、虫はすッと瞬《またた》く中《うち》に庭の暗闇に飛込んで了《しま》った。余りの早さに、妾《わたし》は何の気もなく、虫の行衛《ゆくえ》から、じッと向うを眺め遣《や》ると――ああ、そうであった。今夜は予々《かねがね》評判のあった隣家《となり》の玉《たま》ちゃん……此頃こそ打絶えて居るが、つい去年頃までは子供の時からの親しい友達であった娘の玉ちゃんと云うのが、お互に気の合った同志の手代《てだい》の春吉《はるきち》を婿養子《むこようし》に、嬉しい婚礼の式を上げると云う当夜であったのだ。

妾は片手を窓の柱に、再び丈延《せいの》びして、夕顔の白く咲いて居る建仁寺垣《けんにんじがき》を越して、隣りの座敷を透《すか》し見た。が、座敷は葭戸《よしど》が閉《た》てられてあるので、玉ちゃんの姿、恋婿《こいむこ》の姿も見えぬが、幾個《いくつ》かの人影、幾人《いくたり》かの笑い語る太い声ががやがやとして、如何にも目出度そうに、其の場の様子は手に取る様である。

何事にも感動し易い女の身の、まして昔の友達が婚礼の式を目の前に扣《ひか》えて居る妾は、直ぐと妾の婚礼の時を思い合せた。其れも未だ一年としか過ぎない去年の夏の事、玉ちゃんと同じ様に自分も家付の一人娘なので矢張《やはり》婿養子を迎えたのであるが、それは玉ちゃんの様な満足した喜ばしいのではなく、寧ろ悲しい可厭《いや》な心持であった。と云って妾はまだ此れと云って心を寄せた人のあるではなく、又深い恋の味《あじわ》いも知らない身の上の、何事も母親の気まかせに、自分は最《も》う夢《む》が夢中で。予《か》ねては隣りの玉ちゃんと、ぺちゃぺちゃ小娘の癖の、恥しいながら男の品定《しなさだ》めなぞ為《し》た折に、

「妾や、母様《おっかさん》が何と云ったって、こればッかしは我儘でも自分が可《い》いと思わなくッちゃ……ねえ」なぞと語り合った事もあったのに、と斯《こ》う思出して見ると、何と云う事なしに、堪《たま》らなく玉ちゃんの身の上が羨《うらやま》しく思われて来る、其れと同時に自分の身の上が、妙に悲しく淋しく物足りなくつまら無くなって来て、唯だ訳もなく最《も》う一度昔の肩揚《かたあげ》した娘になって、而《そ》して花々しい恋をして、死ぬか活《い》きるか為《し》て見たい様な気が為出《しだ》す、と、其れに続いて浮んで来るのは、過ぎた昔の時の事だ。誰れでも過ぎ去った事は、最《も》う二度と逢う事が無いと思うと、一層《ひとしお》意味深く懐しく回想されるに相違なかろう。

隣家《となり》の玉ちゃんも肩揚《かたあげ》のあった頃だ。家《うち》の母《おっか》さんと隣家《となり》の伯母さんと、都合四人連で芝居を観に行った事があった。二番目狂言のお染久松《そめひさまつ》が其の日の呼物なので、中幕《なかまく》が済むと見物はもう今か今かと待ち構えて居る。妾も玉ちゃんと番附の画などを繰り返し繰り返し眺めやって居ると、ふと丁度自分の家《うち》が、油屋と云う屋号こそ違え同じ質屋で、自分の名がおそめと云う同じ名の一人娘。斯う考え付いて見ると、さァ、幕が明《あ》いて俳優《やくしゃ》の台詞《せりふ》にも、何だか自分の名を呼ばれる様で、妙に気羞《きはずか》しくて、家へ帰って来ても毎《いつ》もの様に、

冴《さ》え冴えしい調子でお留守番をして居た女中《おんな》なぞへ話し掛けもせずに、凡て其の日の話しは母《おっか》さん一人に持切らして、妾《わたし》は茫然《ぼんやり》と其の夜《よ》は枕について了《しま》ったが、眼の中《うち》にはちゃんとお染と久松の姿が宿って居る。互に恋に悩んだ身体《からだ》を凭《もた》れ合せながら泣き口説《くど》いて居る。其の時の二人の心持は如何様《どんな》であったろう。若い男女《なんにょ》と云うものは如何《どう》云う訳で、如何《どう》云う心持で、那様《あんな》に惚れ合う事が出来るものだろう。と、種々《いろいろ》に思廻らして居る中に、何時か最《も》う妾は油屋のお染になって了《しま》って居るので、妙に恍惚《うっとり》した夢を見る様な心持になったが、ふいと天井で鼠の荒れる音に気が着いて見ると、今度は俄に落胆《がっかり》した様な、甚《いた》く身体《からだ》に疲労《つかれ》を覚えた。

けれども其の夜《よ》は、別に夢も見ないで了《しま》ったが、明《あく》る朝になると、昨夜《ゆうべ》の事が又妙に懐しく思返されるのであった。で、

「染《そめ》ちゃん」と隣家《となり》の玉ちゃんが例《いつも》の俠《きゃん》な声で、長唄のお稽古にと誘いに来て呉れる迄は、妾は一人で何やら考え込んで居た。一緒に外へ出ても自然《おのず》と元気の無い風をして居ると、玉ちゃんは最《も》う早速に遠慮なく話しかける。

「染ちゃん、昨日《きのう》は本統《ほんとう》に面白かったわね」

「そうねえ」と妾は唯だ軽く頷《うなず》く。

「染ちゃん、本統に面白かったじゃ無くって。あの○○屋の久松ッたら、本統に好《い》い男に

なるわねえ」

「……………」

「ねえ、染ちゃん、貴娘《あなた》何と思って?」と顔を覗込まれて、自分はハッと思って垂頭《うつむ》くと、
玉ちゃんは何と思ったか、小声で、

「染ちゃん、あなたン宅《とこ》の松吉《まつきち》ッて云うお店の人ね、色が白くって鳥渡《ちょっと》久松見たようだわね」

妾はどうしたのか、訳もなく頬を赤くする。玉ちゃんは平気で、

「ねえ、染ちゃん。松吉さんが久松で、染ちゃんがお染……あら、丁度好いわ。名迄同《おんな》じだし、そして矢張《やっぱり》質屋で、ほほほほ最《も》う本統のお染久松になってるわ。ほほほほほ」

妾は今までに覚えた事のない心持。妙に胸がわくわくする様で、耳朶《みみたぶ》まで真赤にして黙って了《しま》うと、玉ちゃんは興《きょう》に乗って冷笑《ひやか》し始めた。

「鳥渡《ちょいと》、お染ちゃん。油屋のお染ちゃん。久松さんが……じゃァ無いのよ。其の松吉さんは如何《どう》して?」

「玉ちゃん。可《よ》くってよ」と妾は妙に昂然《つん》とすると、

「あら、怒ったの。染ちゃん。冗談なのよ。冗談だから私謝罪《わたしあやま》ってよ」

「だって、あんまりだわ」と顔を向けたが、お互に見合わせてにっこり笑って了《しま》った。

他愛もないもので、二人はお師匠さんの家《とこ》で稽古を了《しま》って、又同じ様な事を云合いながら、ぶらぶらと帰って来たのであるが、妾《わたし》は玉ちゃんに別れて、家《うち》の格子戸を明《あ》けようとすると、格子戸の中の土間を箒で掃除して居るのは松吉だ。ハッと思うと最《も》う顔がポーッと赤くなって了《しま》って、妙に胸が躍り初める。

格子戸へ手を掛けたなり、うじうじして居ると、松吉はふいと顔を上げさま、妾を見付けて、

「おや、おかえり遊ばせ」と色の白い顔の、愛嬌ある洞然《ぱっちり》した円い眼に笑いを持たせて、中から優しく戸を開けて呉れる。

垂頭《うつむ》いた儘中《うち》へ這入って、下駄を脱ぐや否や、妾は夢中で飛ぶが様に奥へ馳け込んで了って、茶の間の襖の隙《すき》から窃《そっ》と後《あと》を覗いて見ると、松吉は妾の下駄の土《どろ》を払って、丁寧に隅の下駄箱に入れて居た。

妾は急に最《も》う一度、しげしげ松吉の顔が見たくなって、襖を又鳥渡《ちょいと》明け掛けると、後で、「おや、お早い事。もうお帰り遊ばしたんですか」とお清と云う下女の声がしたので、自分は其れなり坐って了《しま》った。

お午過《ひるすぎ》には、生花のお師匠さんが、出稽古に来て下さる当日なので、母《おっか》さんに催促されて、お座敷の床の間を奇麗に掃除さして、お清に花を買わしにやると、如何《どう》云う手都合だ

ったか、暫くすると花を持って来たのは、松吉なので。座敷の襖越しに半身を出して、

「お嬢さま、今日《こんにち》はあの誂えの花が御在ませんでしたが、私が見計《みはから》いで、この花を買って参りましたが、お気に召しませんでしたら、取りかえて参ります」

「ああ。そ、それで可《よ》くって……」と半分は口の中で云って、妾は顔を見られない様に垂頭《うつむ》いて了った。

「左様で御在ますか」と松吉は鳥渡《ちょいと》妾の顔を見て、

「何方《どちら》へおきましょう」

「あの、何処でも……縁《え》、縁側《えんがわ》で可《い》いよ」

「はい」

松吉は立って縁側へ花を置きに出る。其の後姿を妾は昵《じっ》と見遣《みや》って居ると、松吉は花の蕾を落さない様にと注意するのであろう、静に花の枝を縁側に寝《ねか》しながら、ふっと振向いて妾の方を見た。妾は突如《だしぬけ》に顔を見られて、さっと又顔をあかめて俯向《うつむ》いたが、急に気を取直して向直ると、松吉は最《も》う縁側には居なかった。

以前には此様《こんな》ではなかった。些《ちっ》とも臆せずに話しも為《し》たのだが、妙に恥かしい様な、気まりの悪い様な風で、其れで又何が無しに顔が見たい、話しが為《し》て見たい様な、遂《しまい》には一人で焦《じ》れ込んで了《しま》うのであった。が、其の中《うち》に松吉は藪入《やぶいり》で向島の生家《うち》へ帰ったなり、病

気になったとかで、当分暇を貰いたいと、其の後一度親父《おやじ》と挨拶に来たそうだが、丁度其の時は妾《わたし》は生憎《あいにく》お師匠さんのお浚《さら》いに行った留守の時だったとやら。

然し斯《か》く聞いた時の妾の心は、思いの外騒ぎ立たなかったが、又静に考えると、其の後心の底では常に松吉の事を思い続けて居るのであった。けれども、無論小な胸の中《うち》の底の底だけで、決して人の目に付く程な穂にも出ずに過去って了ったのであるが、其れとは違って、何事にも思う通りに決してうじうじ為《し》ない玉ちゃんは、ふとつい二三月前から、ちらりと聞いた噂の其の人と、到頭婚礼の式を上げる様になったのを思うと、妾は妾の身の上が自ずと悲しい側《がわ》にのみ解釈されて来て、其れに続いてあの時松吉に何とか心の底の一言《ひとこと》を云い掛けたら……と又繰り返し出した時、ふっと妾の耳に響いたのは、隣家《となり》の座敷からの祝言《しゅうげん》の謡《うたい》である。

妾は何と云う事なしにほっと大きな溜息を吐《つ》いた。気付いて見れば、何時か知らぬ間に、湿《しめ》っぽい庭の夜露が最《も》う浴衣《ゆかた》の袖を湿《しめ》らして居るので。

昼の花火

山川方夫

野球場の暗い階段を上りきると、別世界のような明るい大きなグラウンドが、目の前にひらけた。

汜濫する白いシャツの群が、目に痛い。すでに観客は、内野スタンドの八分を埋めてしまっている。

グラウンドには、真新しいユニホームの大学の選手たちが、快音を谺するシート・ノックの白球を追って、きびきびと走り廻っている。日焼けした顔に、真上からの初夏の光が当って、青年たちは、野獣のように健康な感じだ。捕球する革具の、鈍い響き。固く鋭いバットの音。掛声。それが若々しい声援や拍手に入り乱れて、通路を歩きながら、彼も軽い昂奮に引き入れられた。

「うん。上手い」

「チェッ、まずいな」

そんなことを、席をさがしながら、無意識に口にしていた。

並んで座ると、すぐに女は訊いた。

「これ、まだ練習なの？」

「うん。まだ練習なの」

場内の昂奮に感染したみたいに、女が拍手をする。弾ぜるような音だ。それが続く。肉の豊かな、やわらかな女の掌を感じさせて、瞳の隅で、その白い灯がちらちらする。避けるように、彼はグラウンドをみつめた。

フィールドの土は、湿っていて、その焦茶いろが新鮮だった。

昨夜の小雨のせいだろうか。

いま歩いてきた外苑の鋪道に、紙屑がべったりと貼りついたまま乾いて、枯れた花の色をしていたのを、彼は思い出した。

道の両側につづく木々は、皆、染まるような青葉だった。それが、次つぎとよく繁った枝を繋げていて、いくつもの幹をもつ緑の暗い雲のように、若い芝に影を落していた。その外苑の木立がいま、外野席の向うに、濃緑の帯のように見える。

「ねえ。練習に手をたたいちゃ、へん？」

女は、野球を知らないのだ。

大きく、彼は空気を吸った。日に焙られて、頬が熱い。

「ううん。たたいたって、いいの」

だが、女は拍手を止めた。

汗ばんだ掌の音が急に止んだのに、ふっとひっかかって、彼は、

「手、たたいたって、いいんだよ」

そううながすようにいった。そのとき、女は、なにも見ない目をしていた。

「……きっと、まっ黒けになっちゃう」

やがて、女は独りごとのようにいうと、敏捷な手つきで、白い手巾を前髪の上にひろげた。その日、女は濃紺の細いタフタで、髪を束ねていた。

十九歳の彼に逢うとき、四つ年上の彼女は、いつも若く粧っている。態度にも、その努力が出ていた。ようやく此頃、彼はそれに無関心になった。

手巾の笹縁が、額に淡い三角の影をつくり、女は、豊かな髪を持ち上げるように、両手を首のうしろに廻した。すこし上目づかいに彼をながめ、その唇が笑った。

女の顔の上に、斜めに人びとの肩がそびえ、どの顔も申し合わせたような明るい表情で、グラウンドの球の行方を追い、眸が動いている。さらにその上、人びとの顔で埋った観客席の斜面を照りつけて、青空があった。

太陽は、その中央近くにある。

誘われたように、女も空を見上げる。口紅が、青空に映えて、印刷したような鮮やかな色になった。

見ながら、突然彼はその女の頤から喉につづく線を、美しい、とつよく感じた。稲妻のように、その光が、記憶のなかの女の像にふれた。

ともすればそれを肉感的な衝撃と思いやすいのを、記憶に翻刻して現実を味わう、いつもの性癖のためと思った。

去年の夏、二人は両国の川開きに行った。

はじめて二人きりで約束をした日だった。女は、まだ女子大の四年にいた。

数十万の人出だといわれたその日、二人が雑沓を抜け、浅草橋のあるビルの屋上に出たとき、ちょうど、それを合図のように乱菊《らんぎく》が打ち揚った。

空はまだ暮れきってはいず、昼の色を拭いのこした静かな夕空は、目にみえぬ無数の漣の動くひろい川面のように見えた。

でも、そこには、思いがけぬほどの風が吹いているのか、花の凋むように乱菊の消えた平凡な黄昏の空のなかに、煙は、流れに落ちた一滴の淡墨のように、見えぬ手に急速に掃かれ、滲まされて、たちまち跡形なく溶けていった。

「花火って無意味ね」女は声をたてて笑った。「……まるで、人間の夢だとか野心だとか、希望とかお祈りとかの構造を、そのまま描いて見せてくれているような気がする」。

そのビルの下からは、夏の夕暮れの生温い風が、洗濯物の酸い臭気を、絶えず吹き上げてきていた。

「……でも綺麗だ」

と、彼はいった。地方出の彼には、東京の花火を見るのは、それが最初だった。

「結局、濫費の美しさね」

答えながら、女は仰向けた顔を動かさなかった。手巾で気忙しく頰を煽いでいた。

「花火って、なんだか、ほんとに花火みたいなものね。……そうは思わなくて?」

女は、赤いベレをかぶっていた。白い手巾の動きは、どこか蛾の羽搏きに似ていた。そして、そのかげにちらちらとのぞく女のあらわな喉の線は、仰向けた首を支え、何故かいつまでも可笑しそうにひくひくと動いていた。

その線の、やさしい起伏を、彼は美しいと感じた。健康な、のびやかな線だと思った。良い母になれる人だ、そう思った。

小暗くなって行く屋上で、彼は、そのやわらかな線の動きを、何べんも盗み見ていた。それは、肉慾とは無縁な誘惑とおもえた。むしろ、見ることのためにつねに彼女との距離を忘れてはいけないという、心のなかの制動のようなものだけが、彼の意識にあった。

「でも、川開きのなかった夏は、いま思うと、やっぱりとても淋しかったっていう気がするのよ。……あ、あれ、芽出柳《めだしやなぎ》っていうの。ご存知？」

丁字菊《ちょうじぎく》。銀爛《ぎんらん》。花苑《はなぞの》。……花火は次つぎと夜を彩り、女は、まるで姉のように、彼に花火の種類や名や、それぞれの特徴やを教えた。それに女の成長した環境を感じとりながら、だが、その区別を覚えるのに、彼はあまり身を入れてはいなかった。

彼はただ、花樹の苗に挿された副木のような、女のやさしい線の美しさに結びつけられている、そんな棒立ちの気持だけを反芻していた。どこか頑なに背を反らした姿勢の、甘く、快い満足があった。

緑いろの華が、色とりどりの無数の光の造花が、そんな彼の目に咲き、夜空を賑わせては滑り落ちた。

もう、いくつか瞬く星も明るく、数えきれなかった。花車《はなぐるま》が、次つぎと競いあうように夜の深みへと馳せ上って、人びとの歓声がひときわ高くなった。

ふと彼が、聞きなれぬ発音の歓声に振り返ると、ビルの屋上の出入口の近くで、大柄な外国婦人に手を引かれた金髪のまだ幼い少女が、絶え間なく夜空に咲くさまざまな色の花《はな》車《ぐるま》に、手を振って、なにか大声に叫んでいた。幼い真白い腕と脚が、ひどく長い。白い服の、眼の碧い、まるでお人形のような少女だった。

銀髪に紅い頰の、年老いた伴れの婦人が、気難かしげにそれを押し止めている。だが、桃いろのリボンを結んだその少女は、花火の打ち揚げられるごとに、頰を輝かせ、繫がれた仔犬のように跳ねまわって、手を振り、狂人のようにたかく歓呼するのだ。

彼は、そのとき、こんなことを想った。

幾年か後、アメリカかどこか、異国の都市に住まいながら、成人したこの少女は、問われるままに、きっとこう答えるだろう。——え？　ハナビ？　日本のハナビなら、私、六つのときトウキョウで見ましたわ。ええ、よく憶えています。それは、とても素晴らしかったわ。……

突然、拍手が湧き起って、群衆の歓声が、巨大な濤の音のように耳に鳴った。観客たちのどよめきが、スタンド中に波紋のようにひろがり、大きくなる。フィールドには誰もいない。シート・ノックは終ったのだ。

「はじまったの？」

「いや。練習が終ったの」

「まだはじまらないの？」

「うん。サイレンが鳴らなきゃ、はじまらない」

興をそがれたように、女は黙った。二人は沈黙して、グラウンドの焦茶を甦らせて引かれて行く、灰白のラインに見入っていた。

奇妙にしずかな緊張が感じられた。そのせいか、女は小さな声でいった。

「あなたの学校の試合、この次ですって？」

「そう。今日は二試合だから」

納得したふうにうなずき、一言、女はいった。

「待つのって、くたびれるわ」

彼は笑った。

「もうすぐだよ」

女は繰り返した。呟く、というのでもなかった。

「……つらいわ。待つのって」

「なにがさ」

「私、この秋に結婚するの。……試合がすんでから、いうつもりだったけれど」

「……でも、それがどうしたっての？」

彼は笑っていた。

女は、ふたたび黙った。

二人は、グラウンド中にどよもす、他校の校歌の斉唱のうちに、二箇の人形のようにじっとしていた。

彼には意外だった。――女の結婚の話も。それを告げられた瞬間、急激にいきいきとしてきた、この女といることの幸福感も。

この一年間、彼は花火の夕にとった姿勢のまま、女とつきあってきていた。強いて自分を抑えたのでも、その逆でもなかったのだが、何故か手ひとつ握ろうという気にならなかった。二人の距離は、いつも同じだった。だが、彼は、ようやくその満足に倦いてきていた。

しかし、いま女の示したその期限は、急に彼を得体の知れぬ幸福に火照るような気持にした。女といっしょにいることの幸福を、彼は、かつてこんなに深く、たしかなものとして感じたことはなかった。

奇妙な安らぎと、充実とが、彼に来ていた。期限の意識が、慣れて見失いかけていた女の存在を、よみがえらせたのだろうか。それとも、これは狡猾な解放のよろこびなのだろうか。

「お祝い、あげてもいいの」

女の耳のうしろを括っている、木目の浮いた紺のタフタを、目でたどりながら彼はいった。

答えはない。

微笑をつくりつけたまま凝固したような女の頬は、白粉が浮いて、一瞬、ひどく醜かった。

醜い。――しかし、かつてこれほど親身に女の肌を感じた記憶はない。彼女への愛を、素直に信じられた記憶もない。

だが、彼には、このまま深入りも仲違いもせず、秋の別離を迎えるだろう、そういう自分たちがわかっていた。そのようにして、僕はこの女への愛を、この女との季節を、完成させることしかできぬだろう。

女は、きっと良い妻になるだろう。良い母になるだろう。――でも、それは僕の幸福と同じではないか。手ひとつ握らず、唇ひとつ重ねず、身をはなしたまま彼女といっしょに時をすごしている幸福。

僕は、彼女の中でそんな一つの季節を生き、そして僕の愛は、二人の距離を蹂躙し破壊するそれとは性質が異るのだから。

彼はそう思った。これは遁辞だろうか。彼は女の横顔を強くみつめた。

「……おめでとう」

低く、彼はいった。

グラウンドに止っていた女の眸が動いた。それが彼に帰ったとき、女はもう、ふだんの表情で笑っていた。

「今度、いつ帰省なさるの」

「夏休みになったら、すぐ」

「そう。……じゃ、川開きには、もう行けないわね」

女は、前髪にのせた手巾を下ろし、二つに折る。白い指先きが、丹念に、いくども折り直しながら手巾を小さく畳んでゆく。彼は、ふと仔細に、それを眺めていた。

「……今年もあるでしょうね。花火大会」

ぼんやりと、彼は女の声を聞いた。金髪の少女のことを想った。

たしかに、花火はあの金髪の少女の記憶にのこったろう。だが、あの大正時代にできたという、老朽のビルの屋上、そこに行く道と雑沓、貧しげな匂いを吹き上げてきた風、緋毛氈の敷かれていた俄か造りの涼み台は、そして浴衣がけの手に団扇をもった日本人の男女たちは、はたして少女の記憶にのこったことだろうか。

いや、のこることはあるまい。ましてその夜、少女の周囲に犇めいていた日本人たちの視線を、憶えているはずはあるまい。もとより、その群衆に混って、勝手な想像をめぐらせた一人の青年の存在など、それと知ろうはずもないのだ。

そして、もしかしたら、少女にとり東京とは、いや、日本とは、一夜の花火の記憶だけかもしれない。花火だけが、そこで過した一つの季節の記憶であり、ただ一つのそのイメージであるのかもしれない。成人した少女は、いうだろう。——え？　ハナビ？　日本のハナビなら、私、六つのときトウキョウで見ましたわ。ええ、よく憶えています。それは、とても素晴らしかったわ。……でも、そのときのことは、もう憶えてはいません。ほかのことは、もうぜんぶ忘れました。トウキョウについても、日本についても。……憶えているのは、ハナビだけです。夜の空に、いつまでも咲きつづけた、綺麗だったハナビのことだけ。それは、とても素晴らしかったわ。……とても、とても素晴らしかったわ。……

彼は思った。しかし僕自身、後日、この女と過した季節を振り返って、そこに花火の夜をしか思い出せないのではないだろうか。いや僕の、彼女への愛、僕が彼女に見ていたもの、それこそが一つの花火ではないのか。……年上のこの女との一年、僕は、じつは空中楼閣のような、美しい数多の、しかしただ一つの花火だけを、眺めつづけてきたのではなかったのか。いまさき信じた一つの愛、それも、地上をはなれた虚空の中でのみ花をひらく、美化された一つの空費、ただ初夏の夜空にのみ存在する、はかない架空の徒花にすぎないのではないのか。

場内のざわめきが、そのときいちだんと高くなった。拍手。口笛。叫喚。湧き起るさかんな声援のうちに、選手たちが颯爽とダッグ・アウトから飛び出す。向いあって整列して、礼を終える。

プレイ・ボール。いろめきたつ観客の、海のような底深い喧騒にかぶさり、またしても校歌の合唱がはじまる。

試合開始のサイレンといっしょに、

「さあ、試合がはじまったよ。おまちかねの」

わざと威勢のいい口調で、彼はいった。

「みんな、元気ね」

間の抜けたことをいう。彼は思った。

グラウンドに、白い線が飛び交っている。その速い白球の線で結びあって、声をかけ激励しあう若々しいナインを、だが、彼は強烈な光のように感じていた。目を細め、眉をしかめるようにして、それを見ていた。

青年の、その健やかな若さが、急に眩しかった。全身での運動に、彼は渇いていた。

「絶好の野球日和、か」

ごまかすようにいって、みんな、元気ねと女の言葉を口の中で真似した。

「ねえ」

そのとき、女が囁くようにいった。

「……あなた、何故もっと私に甘えてみなかったの」

肩がさわっていた。円いその肩に吊られたスリップの細い紐が、白い絹ブラウスに透けて見える。——盛夏だ。感じて、彼は目をそらした。

香水と汗の匂いとが混りあって、女の体臭がなまなましく彼を包んでくる。が、反射的にそれから身をはなそうとする自分が、いまひどく憤ろしいのだ。

背を反らした姿勢の、あの子供っぽい快さを、僕は、いつまでも後生大切にかかえこんで行くつもりだろう。

カーン。

そのとき、白球が三塁の横を抜いた。ヒットだ。

打者は一塁を廻り、帽子を飛ばして二塁へと突進する。レフト塀際から返球する。観客は総立ちの熱狂ぶりだ。その底に石のように取り残され、彼は疼くように、固い一個の自分だけを感じていた。彼は、泳ぐような気持になった。

ひしめきあう人ごみの混雑のあいだを、がむしゃらに、盲めっぽうにかきわけ、突き進んでいるみたいな、行先も不明な、ただ人知れず自分を主張したい、そんな孤独な感情の動きだった。

打者は二塁にいる。女が拍手している。

「ねえ、よせよ。ヒット打ったのは、一塁側の選手なんだよ」

「……いけないの？　ちがうの？」

「いけなかないけど、見てごらん、こっちは三塁側だろ？　誰も手をたたいてないだろ？」

「あら。ほんと」

　笑いあって、だが、たぶん今日が、この女とみる花火の最後かもしれない、と彼は思った。いまに、目前の、この現実の細かな部分や出来事などはすっかり忘れ果てて、僕はきっと、すべてのこの季節の記憶を、一つの花火のそれとして眺めるのだ。

　でも、僕の花火には、漆黒の夜の花床は無い。青春のその花床は、昼の光に充ちた青空が、それのはずではないか。

　固い板の座席に、腰が痛んでいた。

　坐り直しながら、彼は、頭上のひろびろとした青空を仰いだ。光をたたえた巨大な泉に似た青空。鋭い雷声を合図に、白い雲ひとつないその天空に打ち揚げられ、細かな白金の矢をきらめかせ茶褐色の煙をただよわせて、透明な、はてしない大空の滴るような紺青のなかに溶け、音もなく消えて行く花火。昼の花火。いま、現に見ているのも野球ではない。女との、そして自分だけの、真昼のその花火なのにすぎない。

女が、また拍手をはじめた。野球に、慣れてきたのだろうか。放心したようなその目が、じっと前をみつめている。

「……どこ見てるの」

軽くいった。

「森。森を見てるの」

すぐ答えた。

はっと、彼はわかるような気がした。女の瞳には、それまでは焦点がなかったのだ。いま、もしかすると二人は、同じものを見ていたのかもしれない。

女は拍手を止めなかった。それは、いやに間ののびした拍手だった。女にならって、はるかな森の青葉に、彼も拍手をはじめていた。

遠く、森のやわらかく膨らんだ葉末が、波を打つように動いている。風が渡るようだ。緑の枝を繋げていた外苑の木立の、ざわめいて嫩葉がきらきらと氾れるように一面に光るさまを、彼は目に浮かべた。若い夏の、みずみずしい新緑の光だけを、彼はみつめていた。

競いあうように、二人はいつまでもゆっくりと拍手をつづけていた。女が止めるまでつづけるのだ、そう彼は思っていた。

雪の翼

泉　鏡花

柏崎海軍少尉《かしわざきかいぐんしょうい》の夫人《ふじん》に、民子《たみこ》といって、一昨年故郷《ふるさと》なる、福井で結婚の式をあげて、佐世保《させぼ》に移住んだのが、今度少尉が出征《しゅっせい》に就き、親里の福井に帰り、神仏を祈り、影膳《かげぜん》据《す》えつつ座にある如《ごと》く、家を守って居《い》るのがあった。

旅順《りょじゅん》の吉報伝《きっぽうつた》わるとともに幾干《いくばく》の猛将勇士《もうしょうゆうし》、或《あるい》は士卒《しそつ》——或は傷つき骨も皮も散々《ちりぢり》に、影も留《とど》めぬさえある中に夫は天晴《あっぱれ》の功名《こうみょう》して、唯纔《ただわずか》に左の手に微傷《かすりきず》を受けたばかりと聞いた時、且《か》つ其《そ》の乗組んだ艦の帆柱《ほばしら》に、夕陽の光を浴びて、一羽《は》雪《ゆき》の如き鷹の来り留《とま》った報を受け取った時、連添う身の民子は如何に感じたろう。あわれ新婚の式を挙げて、一年の衾暖《ふすまあたた》かならず、戦地に向って出立《いでた》った折《おり》には、忍《しの》んで泣かなかったのも、嬉涙《うれしなみだ》に暮《く》れたのであった。

ああ、其のよろこびの涙も、夜は片敷いて帯も解《と》かぬ留守の袖《そで》に乾《かわ》きもあえず、飛報《ひほう》は鎮守府《ちんじゅふ》の病院より、一家の魂《たましい》を消しに来た。

少尉が病んで、予後不良《よごふりょう》とのことである。

此の急信《きゅうしん》は××年××月××日、午後三時に届いたので、民子は蒼《あお》くなって衝《つ》と立つと、不断《ふだん》着に繻子の帯引緊めて、つかつかと玄関《げんかん》へ。父親が仏壇《ぶつだん》に御明《みあかし》を点《てん》ずる間に、母親は、財布《さいふ》の紐《ひも》を結《ゆわ》えながら、駈《か》けて出て之を懐中に入れさせる、女中がショオルをきせかける、隣の女房が、急いで腕車《くるま》を仕立《したて》に行く、とこうする内、お供《とも》に立つべき与曽平《よそべい》という親仁《おやじ》、身支度《みじたく》をするという始末。さて、取るものも取りあえず福井の市《まち》を出発した。これが鎮守《ちんじゅ》府《ふ》の病院に、夫を見舞う首途《かどで》であった。

冬の日の、山国の、名にしおう越路なり、其日は空も曇りたれば、漸く町をはずれると、九頭竜川《くずりゅうがわ》の川面《かわづら》に、早や夕暮の色を籠《こ》めて、暗くなりゆく水蒼《みずあお》く、早瀬乱れて鳴る音も、千々《ちぢ》に砕《くだ》けて立つ波も、雪や！　其の雪の思い遣らるる空模様《そらもよう》。近江の国へ山越に、出《い》づるまでには、中の河内《かわち》、木《き》の芽峠《めとうげ》が、尤《もっと》も近きは目の前に、春日野峠《かすがのとうげ》を控えたれば、頂の雲眉《くもまゆ》を蔽《おお》うて、道のほど五里あまり、武生《たけふ》の宿に着いた頃、日はとっぷりと暮れ果てた。

長旅は抱えたり、前に峠を望んだれば、夜を籠めてなど思いも寄らず、柳屋《やなぎや》というに宿を取る。

路《みち》すがら手も足も冷え凍《こお》り、火鉢の上へ突伏《つっぷ》しても、身ぶるいやまぬ寒さであったが、枕に就《つ》いて初夜《しょや》過ぐる頃おいより、少し気候がゆるんだと思うと、凡《およ》そ手掌ほどあろうという、俗に牡丹となづくる雪が、しとしとと果しもあらず降出して、夜中頃には武生《たけふ》の町を笠のように押被せた、御嶽《おんたけ》という一座の峰、根こそぎ一揺れ、揺れたかと思う気勢《けはい》がして、颪さえ颯と吹き添った。

一の谷、二の谷、三の谷、四の谷にかけて、山々峰々縦横《じゅうおう》に、荒れに荒るるが手に取るよう、大波の寄せては返すに斉しく、此の一夜に北国空《ほくこくぞら》にあらゆる雪を、震い落すこと、凄まじい。

民子は一炊《いっすい》の夢《ゆめ》も結ばず。あけ方に風は凪いだ。

昨夜雇った腕車が二台、雪の門を叩いたので、主従は、朝餉《あさげ》の支度《したく》も匆々《そこそこ》に、身ごしらえして、戸外に出ると、東雲《しののめ》の色とも分かず黄昏《たそがれ》の空とも見えず、溟々濛々《めいめいもうもう》として、天地《てんち》唯一白《ただいっぱく》。

不意に積った雪なれば、雪車《そり》と申しても間に合ず、ともかくもお車を。帳場から此処《ここ》へ参る内も、此の通りの大汗と、四人《よったり》の車夫は口を揃え、精一杯、後押《あとおし》で、お供はいたして見ますするけれども、前途《さき》のお請合《うけあい》はいたされず。何はしかれ車の歯の埋《うず》まりますまで、遣《や》るとしましょう。其上《そのうえ》は、三人がかり五人がかり、三井寺の鐘をかつぐ力ずくでは、とても一寸も動きはしませせぬ。お約束なれば当柳屋《とうやなぎや》の顔立《かおだて》に参ったまで、と、しり込することと一方ならず。唯急ぎに急がれて、ここに心なき主従《しゅうじゅう》よりも、御機嫌ようと門に立って、一曳《ひとひき》ひけば降る雪に、母衣《ほろ》の形も早や隠れて、殷々として沈み行く客を見送る宿のものが、却って心細い限りであった。

酒代《さかて》は惜まぬ客人なり、然も美人を載せたれば、屈竟《くっきょう》の壮佼勇《わかものいさみ》をなし、曳々声《えいえいごえ》を懸け合わせ、畷《なわて》、畦道《あぜみち》、村の径、揉みに揉んで、三里の路に八九時間、正午というのに、峠《とうげ》の麓《ふもと》、春日野村に着いたので、先ず一軒の茶店に休んで、一行は吻《ほっ》と呼吸《いき》。

茶店のものも炉を囲んで、ぼんやりとして居るばかり。いうまでもなく極月かけて三月彼岸の雪どけまでは、毎年こんな中に起伏するから、雪を驚くような者は忘れても無い土地柄ながら、今年は意外に早い上に、今時《いまどき》恁《か》くまで積るべしとは、七八十になった老人も思い懸けないのであったと謂うから。

来る道でも、村を抜けて、藪の前など通る折は、両側から倒れ伏して、竹も三尺の雪を被いで、或は五間、或は十間、恰《あたか》も真綿の隧道《トンネル》のようであったを、手で払《はら》い笠で払い、辛うじて腕車《くるま》を潜らしたれば、網の目にかかったように、彼方此方を、雀がばらばら、洞に蝙蝠《こうもり》の居るようだった、と車夫同士《くるまやどうし》語《かた》りなどして、しばらく渋茶に市が栄える。

声《こえ》の中に噫《あッ》と一声《ひとこえ》、床几《しょうぎ》から転《ころ》げ落ちそう、脾腹《ひばら》を抱えて呻いたのは、民子が供の与《よ》曽平親仁《そべいおやじ》。

這《こ》は便《びん》なし、心を冷した老の癪《しゃく》、其の悩軽《なやみかろ》からず。

一体誰彼《いったいたれかれ》という中に、さし急いだ旅なれば、註文は間に合ず、殊に少い婦人なり。うっかりしたものも連れられねば、供さして遣られもせぬ。与曽平《よそべい》は、三十年余りも律儀に事えて、飼殺《かいごろし》のようにして置く者の気質《きだて》は知れたり、今の世の道中《どうちゅう》に、雲助《くもすけ》、白波《しらなみ》の恐れなんど、あるべくも思われねば、力はなくても怪しゅうはあらず、最も便よきは年こそ取ったれ、大根も引く、屋根も葺《ふ》く、水も汲めば米も搗く、達者なればと、この老僕《おやじ》を択んだのが、大なる過失になった。

いかに息災《そくさい》でも既に五十九、あけて六十になろうというのが、内でこそはくるくる廻れ、近頃は遠路の要もなく、父親が本を見る、炬燵《こたつ》の端を拝借し、母親が看経《かんきん》するうしろから、如来様《にょらいさま》を拝《おが》む身分、血の気の少ないのか、とやかくと、心遣《こころづか》いに胸を騒がせ、寒さに骨を冷したれば、忘れて居た持病《じびょう》がここで、生憎此時《あいにくこのとき》。

雪は小止もなく降るのである、見る見る内に積《つも》るのである。

大勢が寄《たか》って集り、民子は取縋《とりすが》るようにして、介抱《かいほう》するにも、薬にも、ありあわせの熊《くま》膽位《のいくらい》、其でも心は通じたか、少しは落着いたから一刻も疾くと、再び腕車《くるま》を立てようとすれば、泥除《どろよけ》に噛《かじ》りつくまでもなく、与曽平は腰を折って、礑《はた》と倒れて、顔の色も次第《しだい》に変り、之では却《かえ》って足手絡《あしてまと》い、一式の御恩報《ごおんほう》じ、此のお供をと想いましたに、最う叶《かな》わぬ、皆で首を縊めてくれ、奥様私を刺殺《さしころ》して、お心懸《こころがかり》のないように願いまする。おのれやれ、死んで鬼となり、無事に道中はさせましょう、魂が附添って、と血狂《ちくる》うばかりに急《あせ》るほど、弱るは老の身体にこそ。

口々に押宥《おしなだ》め、民子も切に慰めて、お前の病気を看取《みと》ると謂って此処に足は留められぬ。棄てて行くには忍びぬけれども、鎮守府の旦那様が、呼吸のある内一目逢いたい、私の心は察しておくれ、とこういう間も心は急く、峠は前に控えて居るし、爺や！

もし奥様。

と土間の端までいざり出でて、膝をついて、手を合すのを、振返って、母衣《ほろ》は下りた。

一台の腕車《くるま》二人の車夫は、此の茶店に留まって、人々とともに手当《てあて》をし、些《ちっ》とでもあがきが着いたら、早速武生《さっそくたけふ》までも其日の内に引返すことにしたのである。

民子の腕車も二人がかり、それから三里半だらだらのぼりに、中空《なかぞら》に聳《そび》えたる、春日野峠にさしかかる。

ものの半道《はんみち》とは上らないのに、車の歯《は》の軋り強く、平地でさえ、分けて坂、一分間に一寸ずつ、次第に雪が嵩増《かさま》すので、呼吸を切っても、もがいても、腕車《くるま》は一歩も進まずなりぬ。

前なるは梶棒を下して坐り、後なるは尻餅ついて、御新造《ごしんぞ》さん、と、とてもと謂う。

大方は恁くあらむと、期したることとて、民子も予《あらかじ》め覚悟《かくご》したから、茶店で草鞋《わらじ》を穿いて来たので、此処《ここ》で母衣から姿を顕《あらわ》し、山路《やまじ》の雪に下立つと、早や其の爪先《つまさき》は白うなる。

下坂は、動が取れると、一名の車夫は空車《から》を曳いて、直ぐに引返《ひっかえ》す事になり、梶棒《かじぼう》を取って居たのが、旅鞄《たびかばん》を一個《ひとつ》背負《しょ》って、之が路案内で峠《とうげ》まで供をすることになった。

其の鉄の如き健脚《けんきゃく》も、雪を踏んではとぼとぼしながら、前へ立って足あとを印して上る、民子はあとから傍目《わきめ》も触らず、攀《よ》じ上る心細さ。

千山万岳畳々《せんざんばんがくじょうじょう》と、北に走り、西に分れ、南より迫《せま》り、東より襲《おそ》う四囲《しい》ただ高き白妙《しろたえ》なり。

さるほどに、山又山《やままたやま》、上れば峰は益々累り、頂は愈々聳《いよいよそび》えて、見渡せば、見渡せば、此《こ》処《こ》ばかり日《ひ》の本《もと》を、雪が封《ふう》ずる光景《ありさま》かな。

幸《さいわい》に風が無く、雪路は譬《たと》い山中でも、然《さ》までには寒くない。踏みしめるに力の入るだけ、却《かえ》って汗するばかりであったが、裾《すそ》も袂《たもと》も硬《こわ》ばるように、ぞっと寒さが身に迫ると、山々の影がさして、忽《たちま》ち暮なむとする景色。あわよく峠に戸を鎖《とざ》した一軒の山家《やまが》の軒《のき》に辿り着いた。

さて奥様、目当《めあて》にいたして参ったは此の小家、伜《せがれ》は武生に労働《はたらき》に行って居り、留守は山の主のような、爺《じい》と婆二人《ばばふたり》ぐらし、此処《ここ》にお泊りとなさいまし、戸を叩《たた》いてあけさせましよう。まだ彼方此方《あっちこっち》五六軒立場茶屋《けんたてばぢゃや》もござりますが、美しい貴女《あなた》さま、唯《たった》お一人《ひとり》、預《あず》けまして、安心なは《原文ママ》、此《こ》の外にござりませぬ。武生の富蔵《とみぞう》が受合《うけあ》いました、何にしろお泊んなすって、今夜の様子を御覧じまし。此の雪の止むか止まぬかが勝負でござります。もし留みませぬと、迚も路は通じません、降やんでくれさえすれば、雪車の出ます便宜《たより》もあります、御存じでもありましょうが、此の辺では、雪籠《ゆきごめ》といって、山の中で一夜の内に、不意に雪に会いまするると、時節の来るまで何方へも出られぬことになりますから、私は稼人《かせぎにん》、家に四五人も抱えて居ります、万に一つも、もし、然ような目に逢いまするると、嬶々《かかあ》や小児《こども》が顎を釣らねばなりませぬで、此の上お供は出来かねまする。お別れといたしまして、其処《そこ》らの茶店をあけさせて、茶碗酒をぎうとあおり、其の勢で、暗雲《やみくも》に、とんぼを切って転《ころ》げるまでも、今日の内に麓まで帰ります、とこれから雪の伏家《ふせや》を叩くと、老人夫婦が出迎えて、富蔵に仔細《しさい》を聞くと、お可哀相のいいつづけ。

行先が案じられて、我にもあらずしょんぼりと、門に彳んで入りもやらぬ、媚《なまめか》しい最《さい》明寺殿《みょうじどの》を、手を採って招じ入れて、昇据《かきす》えるように囲炉裏《いろり》の前。

お前まあ些と休んでと、深切《しんせつ》にほだされて、懐《なつか》しそうに民子がいうのを、いいえ、そうしては居られませぬ、お荷物は此処へ、もし御遠慮はござりませぬ、足を投出して、裾《すそ》の方からお温《ぬく》りなされませ、忘れても無理な路《みち》はなされますな。それじゃとっさん頼んだぜ、婆《ばあ》さん、いたわって上げてくんなせい。

富蔵さんとやら、といって、民子は思わず涙ぐむ。

へい、奥さま御機嫌よう、へい、又通りがかりにも、お供の御病人に気をつけます。ああ、いかい難儀をして、おいでなさるさきの旦那様も御大病《ごたいびょう》そうな、唯の時なら橋の上も、欄干《らんかん》の方は避けてお通りなさろうのに、おいたわしい。お天道様《てんとうさま》、何分お頼み申しますぜ、やあお天道様といや降ることとは降ることは。

あとに頼むは老人夫婦、之が又、補陀落山《ふだらくさん》から仮《かり》にここへ、庵《いおり》を結んで、南無大悲《なむだいひ》民子《たみこ》のために観世音。

其の情で、饑えず、凍えず、然《しか》も安心して寝床に入ることが出来た。

侘《わび》しさは、食べるものも、着るものも、ここに断るまでもない、薄い蒲団も、真心《まごころ》には暖く、殊《こと》に些《ちと》は便りになろうと、故《わざ》と仏間《ぶつま》の仏壇の前に、枕《まくら》を置いてくれたのである。

心静《こころしずか》に枕には就《つ》いたが、民子は何《ど》うして眠られよう、昼の疲労《つかれ》を覚《おぼ》ゆるにつけても、思い遣《や》らるる後《のち》の旅《たび》。

更け行く閨に声もなく、涼しい目ばかりぱちぱちさせて、鐘の音も聞えぬのを、徒《いたずら》に指を折る、寂々《しんしん》とした板戸の外に、ばさりと物音《ものおと》。

民子は樹を辷《すべ》った雪のかたまりであろうと思った。

しばらくして又《また》ばさりと障《さわ》った、傛《かか》る時、傛《かか》る山家に雪の夜半、此の音に恐気《おじけ》だった、婦人気はどんなであろう。

富蔵は疑わないでも、老夫婦の心は分って居《い》ても、孤家《ひとつや》である、この孤家なる言は、昔語にも、お伽話にも、浄瑠璃にも、ものの本にも、年紀今年二十になるまで、民子の耳に入った響きに、一ツとして、悲惨悽愴《ひさんせいそう》の趣を今爰に囁《ささや》き告《つ》ぐる、材料でないのはない。呼吸を詰めて、なお鈴のような瞳を凝《こら》せば、薄暗い行灯の灯の外、壁も襖も天井も暗りでないものはなく、雪に眩《くる》めいた目には一しおで、ほのかに白いは我とわが、俤《おもかげ》に立つ頬の辺《あたり》を、確乎とおさえて枕ながら幽にわななく小指であった。

あなわびし、うたてくもかかる際に、小用がたしたくなったのである。

もし。ふるえ声《ごえ》で又、

もしもしと、二声三声呼んで見たが、目ざとい老人も寝入ばな、分けて、罪も屈託《くったく》も、山も町も何にもないから、雪の夜に静まり返って一層《いっそう》寝心《ねごころ》の好さそうに、鼾《いびき》も聞えずひッそりして居る。

堪りかねて、民子は密《そっ》と起き直ったが、世話になる身の遠慮深く、気味が悪いぐらいには家のぬし起されず、其まま突臥《つっぷ》して居たけれども、さてあるべきにあらざれば、恐々行灯《こわごわあんどう》を引提《ひっさ》げて、勝手《かって》は寝しなに聞いて置いた、縁側について出ようとすると、途絶《とだ》えて居たのが、ばたりと当《あた》って、二三度続けさまにばさ、ばさ、ばさ。

はッと唾《つば》をのみ、胸を反して退《すさ》ったが、やがて思切って用を達して出るまでは、まず何事もなかった処《ところ》。

手を洗おうとする時は、民子は殺されると思ったのである。

雨戸を一枚ツト開けると、直ちに、東西南北へ五里十里の真白な山であるから。

如何なることがあろうも知れずと、目を瞑って、行灯《あんどう》をうしろに差置《さしお》き、わななきわななき柄杓《ひしゃく》を取って、埋もれた雪を払《はら》いながら、カチリとあたる水を灌《そそ》いで、投げるように放したトタン、颯《さっ》とばかり雪をまいて、ばっさり飛込んだ一個の怪物。

民子は思わずあッといった。

夫婦はこれに刎起《はねお》きたが、左右から民子を囲って、三人六の目を注ぐと、小暗《おぐら》き方に蹲ったのは、何ものかこれ唯一羽の雁《かり》なのである。

老人は口をあいて笑い、いや珍しくもない、ままあること、俄《にわか》の雪に降籠められると、朋《とも》に離れ、塒《ねぐら》に迷い、行方《ゆくえ》を失い、食《じき》に饑えて、却《かえ》って人に懐き寄る、これは猟師《りょうし》も憐《あわれ》んで、生命を取らず、稗《ひえ》、粟《あわ》を与《あた》えて養《やしな》う習《ならい》と、仔細を聞けば、所謂《いわゆる》窮鳥《きゅうちょう》懐《ふところ》に入ったるもの。

翌日も降り止まず、民子は心も心ならねど、神仏《かみほとけ》とも思わるる老の言に逆《さか》らわず、二日三日は宿を重ねた。

其夜《そのよ》の雁も立去らず、餌《え》にかわれた飼鳥《かいどり》のよう、よくなつき、分けて民子に慕い寄って、膳《ぜん》の傍《かたわら》に羽を休めるようになると、はじめに生命《いのち》がけ恐しく思いしだけ、可愛さは一入なり。つれづれには名を呼んで、翼を撫でもし、膝に抱きもし、頬もあて、夜は衾に懐を開いて、暖い玉の乳房の間に嘴を置かせて、すやすやと寝ることさえあったが、一夜《あるよ》、凄じき寒威《かんい》を覚えた。あけると凍てて雪車《そり》が出る、直に発足《ほっそく》。

老人夫婦に別《わかれ》を告げつつ《つ》、民子は雁にも残惜《のこりお》しいまで不便《ふびん》であったなごりを惜《おし》んだ。神の使《つかい》であったろう、この鳥がないと、民子は夫にも逢えず、其の看護《みとり》も出来ず、且《か》つやがて大尉に昇進した少尉の栄を見ることもならず、与曽平の喜顔《よろこびがお》にも、再会することが出来なかったのである。

民子をのせて出た雪車《そり》は、路を辷って、十三谷という難所を、大切な客ばかりを千尋の谷底へ振り落した、雪ゆえ怪我はなかったが、落込んだのは炭焼《すみやき》の小屋の中。

五助《ごすけ》。

権九郎《ごんくろう》。

という、両名の炭焼が、同一雪籠《おなじゆきごめ》に会って封じ込められたようになり、二日三日は貯蓄《たくわえ》もあったが、四日目から、粟一粒《あわひとつぶ》も口にしないで、熊の如き荒漢等《あらおのこら》、山狗《やまいぬ》かとばかり痩《や》せ衰《おとろ》え、目を光らせて、舌を嚙んで、背中合《せなかあわ》せに倒れたまま、唸《うめ》く声《こえ》さえ幽な処、何、人間なりとて容赦すべき。

帯を解き、衣を剝《は》ぎ、板戸の上に縛《いまし》めた、其のありさまは、ここに謂うまい。立処《たちどころ》其《そ》の手足を炙るべく、炎々《えんえん》たる炭火を熾して、やがて、猛獣《もうじゅう》を拒ぐ用意の、山刀と斧を揮って、あわや、其胸を開かむとなしたる処へ、神の御手の翼を拡げて、其膝《そのひざ》、其手《そのて》、其肩《そのかた》、其脛《そのはぎ》、狂《くる》いまつわり、搦まって、民子の膚を蔽うたのは、鳥ながらも心ありけむ、民子の雪車《そり》のあとを慕うて、大空を渡って来た雁《かり》であった。

瞬く間に、雁は炭焼に屠《ほふ》られたが、民子は微傷も受けないで、完き璧の泰らかに雪の膚は縄から抜けた。

渠等《かれら》は敢て鬼ではない、食《じき》を得たれば人心地になって、恰《あたか》も可《よ》し、谷間《たにあい》から、いたわって、負《おぶ》って世に出た。

硝子戸の中

夏目漱石

私は其女に前後四五回会った。

始めて訪ねられた時私は留守であった。取次のものが紹介状を持って来るように注意したら、彼女は別にそんなものを貰う所がないといって帰って行ったそうである。

それから一日程経って、女は手紙で直接《じか》に私の都合を聞き合せに来た。其手紙の封筒から、私は女がつい眼と鼻の間に住んでいる事を知った。私はすぐ返事を書いて面会日を指定して遣った。

女は約束の時間を違《たが》えず来た。三《み》つ柏《がしわ》の紋のついた派手《はで》な色の縮緬の羽織を着ているのが、一番先に私の眼に映った。女は私の書いたものを大抵読んでいるらしかった。それで話は多くそちらの方面へばかり延びて行った。然し自分の著作に就いて初見の人から賛辞ばかり受けているのは、有難いようで甚だこそばゆいものである。実をいうと私は辟易した。

一週間置いて女は再び来た。そうして私の作物《さくぶつ》をまた賞《ほ》めて呉れた。けれども私の心は寧ろそういう話題を避けたがっていた。三度目に来た時、女は何かに感激したものと見えて、袂から手帛《ハンケチ》を出して、しきりに涙を拭《ぬぐ》った。そうして私に自分の是迄経過して来た悲しい歴史を書いてくれないかと頼んだ。然し其話を聴かない私には何という返事も与えられなかった。私は女に向って、よし書くにした所で迷惑を感ずる人が出て来はしないかと訊いて見た。女は存外判然《はっきり》した口調で、実名《じつみょう》さえ出さなければ構わないと答えた。それで私はとにかく彼女の経歴を聴くために、とくに時間を拵えた。

すると其日になって、女は私に会いたいという別の女の人を連れて来て、例の話は此次に延ばして貰いたいと云った。私には固《もと》より彼女の違約を責める気はなかった。二人を相手に世間話をして別れた。

彼女が最後に私の書斎に坐ったのは其次の日の晩であった。彼女は自分の前に置かれた桐の手焙《てあぶり》の灰を、真鍮《しんちゅう》の火箸で突ッつきながら、悲しい身の上話を始める前、黙っている私に斯う云った。

「此間は昂奮して私の事を書いて頂きたいように申し上げましたが、それは止《や》めに致します。ただ先生に聞いて頂く丈《だけ》にして置きますから、何うか其御積《おつもり》で……」

私はそれに対して斯う答えた。

「あなたの許諾を得ない以上は、たといどんなに書きたい事柄が出て来ても決して書く気《き》遣《づかい》はありませんから御安心なさい」

　私が充分な保証を女に与えたので、女はそれではと云って、彼女の七八年前からの経歴を話し始めた。私は黙然《もくねん》として女の顔を見守っていた。然し女は多く眼を伏せて火鉢の中ばかり眺めていた。そうして綺麗な指で、真鍮の火箸を握っては、灰の中へ突き刺した。

　時々腑に落ちない所が出てくると、私は女に向って短かい質問を掛けた。女は単簡《たんかん》に又私の納得《なっとく》出来るように答をした。然し大抵は自分一人で口を利いていたので、私は寧ろ木像のように凝《じっ》としている丈《だけ》であった。

　やがて女の頰は熱《ほて》って赤くなった。白粉《おしろい》をつけていない所為《せい》か、その熱《ほて》った頰の色が著るしく私の眼に着いた。俯向《うつむき》になっているので、沢山ある黒い髪の毛も自然私の注意を惹《ひ》く種になった。


　女の告白は聴いている私を息苦しくした位に悲痛を極めたものであった。彼女は私に向って斯《こ》んな質問を掛けた。――

「もし先生が小説を御書きになる場合には、其女の始末を何うなさいますか」

　私は返答に窮した。

「女の死ぬ方が宜《い》いと御思いになりますか、それとも生きているように御書きになりますか」

私は何方《どちら》にでも書けると答えて、暗《あん》に女の気色《けしき》をうかがった。女はもっと判然《はっきり》した挨拶を私から要求するように見えた。私は仕方なしに斯う答えた。――

「生きるという事を人間の中心点として考えれば、其儘にして居て差支ないでしょう。然し美しいものや気高いものを一義に置いて人間を評価すれば、問題が違って来るかも知れません」

「先生はどちらを御択《おえら》びになりますか」

私は又躊躇した。黙って女のいう事を聞いているより外に仕方がなかった。

「私は今持っている此美しい心持が、時間というものの為に段々薄れて行くのが怖《こわ》くって堪《たま》らないのです。此記憶が消えてしまって、ただ漫然と魂の抜殻《ぬけがら》のように生きている未来を想像すると、それが苦痛で苦痛で恐ろしくって堪らないのです」

私は女が今広い世間《せかい》の中にたった一人立って、一寸《いっすん》も身動きの出来ない位置にいる事を知っていた。そうして夫《それ》が私の力で何うする訳にも行かない程に、せっぱ詰《つま》った境遇である事も知っていた。私は手の付けようのない人の苦痛を傍観する位置に立たせられて凝《じっ》としていた。

私は服薬の時間を計るため、客の前も憚からず常に袂時計《たもとどけい》を座蒲団の傍《わき》に置く癖を有《も》っていた。

「もう十一時だから御帰りなさい」と私は仕舞に女に云った。女は厭な顔もせずに立ち上った。私は又「夜が更《ふ》けたから送って行って上げましょう」と云って、女と共に沓脱《くつぬぎ》に下りた。

其時美しい月が静かな夜《よ》を残る隈《くま》なく照らしていた。往来へ出ると、ひっそりした土の上にひびく下駄の音は丸《まる》で聞こえなかった。私は懐手をした儘帽子も被らずに、女の後《あと》に跟《つ》いて行った。曲り角の所で女は一寸会釈して、「先生に送って頂いては勿体《もったい》のう御座います」と云った。「勿体ない訳がありません。同じ人間です」と私は答えた。

次の曲り角へ来たとき女は「先生に送って頂くのは光栄で御座います」と又云った。私は「本当に光栄と思いますか」と真面目に尋ねた。女は簡単に「思います」とはっきり答えた。私は「そんなら死なずに生きて居らっしゃい」と云った。私は女が此言葉を何う解釈したか知らない。私はそれから一丁ばかり行って、又宅《うち》の方へ引き返したのである。

むせっぽいような苦しい話を聞かされた私は、其夜《そのよ》却って人間らしい好い心持を久し振に経験した。そうしてそれが尊《たっ》とい文芸上の作物《さくぶつ》を読んだあとの気分と同じものだという事に気が付いた。有楽座や帝劇へ行って得意になっていた自分の過去の影法師が何となく浅ましく感ぜられた。

不愉快に充ちた人生をとぼとぼ辿《たど》りつつある私は、自分の何時《いつ》か一度到着しなければならない死という境地に就いて常に考えている。そうして其死というものを生よりは楽なものだとばかり信じている。ある時はそれを人間として達し得る最上至高の状態だと思う事もある。

「死は生よりも尊《たっ》とい」

斯ういう言葉が近頃では絶えず私の胸を往来《おうらい》するようになった。

然し現在の私は今まのあたりに生きている。私の父母《ふぼ》、私の祖父母《そふぼ》、私の曽祖父母《そうそふぼ》、それから順次に溯《さかの》ぼって、百年、二百年、乃至千年万年の間に馴致《じゅんち》された習慣を、私一代で解脱《げだつ》する事が出来ないので、私は依然として此生に執着しているのである。

だから私の他《ひと》に与える助言《じょごん》は何うしても此生の許す範囲内に於てしなければ済まない様に思う。何ういう風に生きて行くかという狭い区域のなかでばかり、私は人類の一人《いちにん》として他の人類の一人に向わなければならないと思う。既に生の中に活動する自分を認め、又其生の中に呼吸する他人を認める以上は、互いの根本義は如何に苦しくても如何に醜くても此生の上に置かれたものと解釈するのが当り前であるから。

「もし生きているのが苦痛なら死んだら好いでしょう」

斯うした言葉は、どんなに情《なさけ》なく世を観ずる人の口からも聞き得ないだろう。医者などは安らかな眠に赴むこうとする病人に、わざと注射の針を立てて、患者の苦痛を一刻でも延ばす工夫を凝《こ》らしている。こんな拷問《ごうもん》に近い所作《しょさ》が、人間の徳義として許されているのを見ても、如何に根強く我々が生の一字に執着しているかが解る。私はついに其人に死をすすめる事が出来なかった。

其人はとても回復の見込みのつかない程深く自分の胸を傷《きずつ》けられていた。同時に其傷が普通の人の経験にないような美しい思い出の種となって其人の面《おもて》を輝やかしていた。

彼女はその美しいものを宝石の如く大事に永久彼女の胸の奥に抱き締《だし》めていたがった。不幸にして、その美しいものは取も直さず彼女を死以上に苦しめる手傷其物《てきずそのもの》であった。二つの物は紙の裏表の如く到底引き離せないのである。

私は彼女に向って、凡《すべ》てを癒《いや》す「時」の流れに従って下《くだ》れと云った。彼女は若しそうしたら此大切な記憶が次第に剝げて行くだろうと嘆いた。

公平な「時」は大事な宝物《たからもの》を彼女の手から奪う代りに、其傷口も次第に療治して呉れるのである。烈しい生の歓喜を夢のように暈《ぼか》してしまうと同時に、今の歓喜に伴なう生々《なまなま》しい苦痛も取《と》り除《の》ける手段を怠たらないのである。

私は深い恋愛に根ざしている熱烈な記憶を取り上げても、彼女の創口《きずぐち》から滴《したた》る血潮を

「時」に拭わしめようとした。いくら平凡でも生きて行く方が死ぬよりも私から見た彼女には適当だったからである。

斯くして常に生よりも死を尊《たっと》いと信じている私の希望と助言《じょごん》は、遂に此不愉快に充ちた生というものを超越する事が出来なかった。しかも私にはそれが実行上に於ける自分を、凡庸な自然主義者として証拠立てたように見えてならなかった。私は今でも半信半疑の眼で凝《じっ》と自分の心を眺めている。

下田の女

中島　敦

一

「私は都会で恋をしたのです。コレラの細菌にも似た線香花火の様な恋をしたのです。けれども、其の結果はあまりに無残なものとなって了いました。私はあんまり鈍かった。女はあまりに鋭かった。私はコックテールを十杯飲みたかったんです。女はそれよりウィスキーの一杯を望んだのでした。そうして、女は、私を知ってから十日目には、もう外の男の頸に腕を投げかけて居ました。しかも私は……ああ此の可哀想な私は……そうです。とうとう神経衰弱になって了ったんです。そして都会の皮膚のあまりの青白さにたえかねて――都会が時に赤く見えるのは、其の皮膚のせいではなく、全く、其の上に出来た赤い吹出物の為なのです――私は遂に逃げ出して、此の南の国に来たのです」。私は初めの女にそう語った。

素晴らしい宵だった。

此の国の空気は、蜂雀の羽毛の様に、軽く甘く、くすぐったかった。町にただ一つのこのカフェーを囲んで居る紫色の光の中には、豊かに、ふくれ上った女の肌の香がなまぬるく沈澱して居た。女は少しの間下を向いて居た。

が、急に、夏の朝の高原の様な快活さを以って笑い初めた。

「ホホホホホホホホ」

私は黙って女の顔を見た。

しばらくしてから又女は突然言った。

「ネエ……お友達になって下さらない？　もっと仲のいいお友達に」

「お友達？」

「エエ、そうよ。お友達よ、ただのお友達なの」

女の目の微笑が直ぐに私の目の中に溶けて行った。私は今度は躊躇せずに答えた。

「なりましょう。いや是非ともなって下さい」

そこで私たちは、コップを、かち合せた。その透明な緑色の液体の中にも紫色の光が雨の様に降り注いだ。そうして私たちは友達になった。

二

其翌日の昼私は町を港の方へ歩いて行った。

此の港町は真白な日光と、桃色の空の下に、明るく、かがやき渡って居た。その白い日光の中に女の円い顔が、薔薇の様に笑って居た。花弁の様な唇は、私を見付けると直ぐに、しゃべり出した。

「まあ、やっと見付けたワ」

女の眼は私の眼を見た。

すると女の口が滑らかに云い出した。

「あなた私《あたし》が嫌いなのネ。私よく知ってるワ。だけど、それは、あなたが私の家に来ては悪い理由にはならないでしょう」

私は何が何だか分らなくなった。

「もし、理由になるとしたって、いいじゃありませんか。それが、どうしたんです。あなたは私に、都会のお話をして下さったワネ。だから私もあなたに、此の町の女の話をして上げたいんです。いろんな面白いお話があるんです。だから今直ぐ私の家へお出でなさい。イイエ、来なくてはいけません」

女は面喰った私を家へ連れて行って、此の町の女の話をした。

此の港の一人の女に東京の一人の学生が恋した。

女は長い髪を持って居た。

男は青白い顔の色をして居た。彼は病気のため、学校を止めて、一月計り此処で静養して居るのだった。

或る晩彼は女と一緒に海岸を歩いて居た。

それは少女画報でも読んで居る女学生の眼の如く、サンチマンタールな夜だった。白い霧が四月の海と花の香を件なって流れて来た。その霧を冷たく頰に感じながら、男は顔を赤くほてらせて歩いて行った。殆んど、すれ合って歩いて居る女の豊満な肉体から発散する強烈な香いが、彼にはたえられなかった。彼は時々髪の毛をかきむしった。飲めもしない煙草をむやみに吸った。そして独り言の様に言った。

「ああ、一体僕は何という意気地なしなんだ」

「まあ、……どうかなすったの？」女の鳩の様な眼が驚いた振りをして見上げた。

「そうです。僕は……僕は……」

青年は急に砂の上にひざまずいた。

「一月計り前、あなたをあの店で見てから、仕事が出来なくなって了ったんです。本を読んで居ると、本の中には字の代りにあなたのその黒水晶の様な瞳が現れて来るのです。空を眺めて居ると、青い中にあなたの桃色の笑顔が笑いかけて居るのです。そして今迄一と月の間私は夜も殆んど眠れませんでした。それから……」

青年は恐らく彼が東京で、活動写真の中に見たであろうラヴシーンを其の儘やろうとした。だが、彼はあまりに夢中になりすぎて居た。

彼は唇をふるわせた。

眼はあわれみを乞う様に女を見上げて居た。彼は手を女の方へさしのべた。

彼の心臓はひよっ子の様に躍って居た。

女は青年のさしのべた手を指先で一寸はじいて冷やかに笑った。

「ホホホホホ、大変な騒ぎだワネエ」

「あなたは……あなたは」青年はとうとう身を投げ出した。

「僕は、あなたを愛して居るんじゃありませんか。それにそれにあなたは何と言うひどい……」

「あら、そうだったの。そりゃどうも、お礼を申上げますわ。ほんとうに、あなたの様に学問のある綺麗な立派な方なんか、あたし何だかもったいない様ですわ」

男の瞳は朝の魚の様に輝き出した。

「エ？　それじゃ、あなたはほんとうに」

男は危く歓喜の涙にむせびかかった。

だが、女は又面白そうに笑った。

「エエ。だけどもネエ。一体あなたはお金、どの位お出しになるお積り？」

砂の上に打倒れた男を後にして、幻灯の様な霧の中を女は静かに消えた。

次の朝女は青年に手紙を書いた。

「私のかあいい坊ちゃん。

昨晩はどうも失礼。早く東京へお帰えんなさいナ。

此の国は暖かいんです。此の国の女は、冷たいつまらない『心と心の恋』より、暖い『からだとからだの恋』の方が好きなんです。あなたは白い華奢な顔立をしておいでですね。だけど私は、それより太いたくましい腕に抱かれたいのです。はち切れそうな、しっかりした胸に顔を埋めたいのです。

それに、あなたは大層センチメンタルだわね。けれども、私もっと男らしい強い人が好きなの。私感傷的な男大嫌い。気の利かない男大嫌い。そして恋愛は性慾以上のものだなんて言う人も大嫌いなの。

あなた、初め、私の名前を聞いたわね。だけど、何うしてあんな事をするの。別に恋するのに名前も何もいらないじゃないの。あたし、あれでがっかりしちゃったわ。それからゆうべ、私、あなたに、お金をどの位って、からかったら、あんたは泣きそうになって倒れて了ったのね。あの時、何故笑って私を抱きしめてくれなかったの。何故私の唇に接吻して呉れなかったの。そうすれば私、あの時あなたのものになって了ったでしょうに。私もなさけなくなって了ったわ。あんまりお馬鹿さんなんですもの……失礼……じゃあ、私の可愛いい——いいえ可哀想な——坊ちゃん。さようなら。東京へ帰って新しい恋人でもお探しなさい。ですが、あなたはいつも勇気を持って居なければいけませんよ。恋愛は常に犬の様な勇気と、豚の様な、ずうずうしさと、それから、も一つ、お金とを必要とするものなのですから」

此の話がすんでから女は言った。

「こんな話、あんまり面白くもなかったわネ。だけど此の女、あなたの恋人だった人に似てやしなくて？」

私は黙ってうなずいた。

女は直ぐに第二の話を始めた。

男の顔は腐った牛肉の輝きを帯びて居た。

男はやはり東京の商人だった。

附近のY温泉に保養に来たついでに、景色の好い此の港町に立寄ったのだった。

四十男の恋には赤い豚の香いがする。

男の執拗な肉慾は此の町の一人の女を酒亭の奥座敷に引張りこんだ。

取り乱した座敷の中で、酒気を帯びて赤くなった男の顔が気味悪く笑った。

女は知らん顔をしていた。

男は財布をわざとならした。男の手はだらしなく女の手を握った。

「ありがとうございます」

女は豚の様な男の眼をさけながら皮肉な微笑を口のあたりに浮べて言った。

「けれども、私は、肉の切売をする女では御座いません」

だが彼は止めなかった。眼が交尾期の犬の様に充血した。彼は手を伸ばして女の首を抱きよせようとした。

「お止しなさい」

女は奮然と、男の手に一撃を喰わせて立上った。

「私はくやしい。あなたの様な男が居る事は女性にとって一つの侮辱です。あなたは一体女を何と思っていらっしゃるんです。女は男の性慾を充す器械ではないのです。女には心があるんです。男の人の持ってるよりずっと綺麗な暖い心があるんです。だからこそ、私は恋はして居てもあなたの様な汚らわしい人は知らなかったのです」

　此処迄来て女はやや冷静にかえった。

「そうです。あなたは、恋なんか、御存じないでしょう。あなたの濁った眼や、汚れた唇は、あなたが恋を知らない事を物語って居ます。あなたは肉慾は知って居ても恋は知らないのだ。一人の女が一人の男を愛する。ほんとうに心から愛する。ああ何て、それは素晴らしい事でしょう」

　彼女は、――感傷的な少女がする様に――手を胸にあてて、少し上の方を見つめながら話しつづけた。男はあっけにとられて聞いて居た。

「私はあなたみたいな、ずうずうしいおやじは大嫌い。もっと若くて綺麗なお坊ちゃんがいいんです。何も世間を知らないお坊ちゃん――そういう方と恋がして見たい。あなたは私よりずっと年をとっていらっしゃる。けれども私はあなたに一つ教えて上げる事があるの。一生に一度位は真面目な恋をして御覧なさい。そうすれば初めて、ほんとうに人生って生き甲斐のあるものだって事が分りましょう。あなたの様に肉慾しか知らない人には、ほんとうの幸福なんてものは分りっこないんですから」

そう言い捨てて女はいきなり部屋から飛び出した。……

此の極めて平凡な話をしおわってから、女は私に言った。

「此度の話は前の話よりなお、詰んなかったでしょう。だけど、ネエもしも……」

女は一寸息を入れてから更に言った。

「初めの女と此度の話の女とが全く同じ人だと言ったら、あなた、どうお思いになって？」

私の驚く顔を見て女は矢つぎばやに言った。

「それからネエ、又今言った此二人の女というのはみんな私のことだと言ったらどう？」

私は女の顔を見つめた。

「ホホホホホ驚かなくってもいいわ。だけど、此れみんな二つとも私の事なの。しかもその二人の男はまだ此の町に残って居るのよ」

三

——私はあなたが好き。あなたは私に恋しないから。併し私もあなたに恋なんかしない。恋なんて自分に対する最大の冒瀆なんだもの。昨日の話みんなほんとよ。だけど別に不思議はないでしょう。女だって別に一つの型に鋳込んで作られた物じゃないんですもの。時に依ってはそれは強くもなるわ。でも又時々は、私はやっぱり女だってしみじみ思う事もあるのよ。二重人格なんてむずかしい言葉は私は知らない。ただ私は時と場合でカメレオン見たいに色を変えるだけなの。あなたの目には、私の色、何う見えて？　赤？　黒？　青？　緑？　それとも白？　まさか桃色に見えた事はないでしょうネ。でも、明日はその桃色に見せて上げるかもしれないから屹度いらっしゃい。朝の十時。S公園迄よ。

約束の十時。私は此の港で一番見晴らしの好いS公園で女と落合った。

白かった。無暗に白かった。第一空が白く霞んで居た。次に海も白く光って居た。凡てが四月の透きとおった銀色の空の下で白い、ささやきをかわして居た。

「あなた。明日もう東京へ帰るんですってネエ？」女は私の眼鏡のふちを見詰めながら聞いた。私は黙ってうなずいた。

二人とも暫く黙って居た。

間もなく女は思い出した様に笑い出した。

「ホホホホホ、私らしくもない事を言っちまったわ。ネエ。もっと高い所へ行かない？」

そこで二人は昔の砲塁の趾迄登って行った。その石垣の上では、紫色に光ったとかげの尻尾が白日の光の下に、南国的な乱舞を続けて居た。ほんの少しの間、小手をかざして海の方を眺めて居た女は急に叫び出した。

「あらあの船よ。屹度そうだわ」

「何が？」

「二人が乗って帰るのは」

「あの二人か？」

「エエ」

「二人とも今日帰るのかい？」

「そうよ。二人とも今日M丸で立つんだって言ってましたもの」

二人と言うのは女の話した、商人と学生だった。女はおかしくってたまらないと言った様な気がした。

「二人が船の中で打明け話しをしたら面白いでしょうにね。二人とも変な顔をするでしょうよ」

とかげの尾はもう乱舞を止めて、ぐんにゃりと石の上に横って居た。正午に近い烈日を受けた木々の緑は黄色い反射を強く空に投上げて居た。女はつぶやく様に云った。

「でも、あたし、あのお商人にはいいけれど、学生さんには一寸気の毒な様な気がするわ。……エエ、少し可哀そうだったわね」

ふと私は、春の日の空気の軽やかさを以て空想を画いた。……学生と商人が父子だったら、そして私が此の二人の友人だったら、そうしたら私は女を東京につれてかえって、二人に見せびらかしてやろう。そうすると父子は互にどんな顔をするだろう。私にどういって挨拶するだろう。……

だが此の空想は女の手の柔い触感が薄衣を透して、私の肩に感ぜられる事によって忽ち破られて了った。

「ネエ、今日のあたしどんな感じがして？」

女は甘えたペルシャ猫の瞳で私をみつめた。

「そうだね。今日は大変おとなしい様だが……成程……昨日の手紙みたいに桃色に見えないでもないネ」

「そう？　ほんと？」女は春の牧場の子羊の様にはつらつと跳ねた。

「そうだよ。だから……」私は思い切って言いかけた。

「だから、どうしたの？」

「だから、こうするのさ」

私はいきなり女を抱こうとした。

「いけない」

女は忽ち私の手を振払って下の方へ駈け出した。やがてすぐ下の方から女の爽かな笑い声が聞えて来た。

「ホホホホホホホホ」

それはポプラの葉のそよぎの様な新鮮な笑いだった。それを聞いて居る中に私も、何だか急に愉快になって来た。

「アハハハハハハ」

二人の高らかな笑い声がこんがらがりもつれ合って、白い空気の中に次第に消えて行った。

以上は私が旅先で会った一人の女の話です。あまり印象が変てこなので私は、初め何だか夢を見てたんじゃないかってな気がしたのです。けれども此れが夢でも何でもない証拠には、私が東京へ帰ってから三日ばかりして女の所から手紙が来たのです――しかも其の手紙の中には「東京の春はどう?」だの「あなたもお達者にね」だの「此間中の事はほんとに夢の様でしたわね」だの彼女らしくもない事ばかり書いてあるのです。で私は初めは少し面喰ったんですが、併しよく考えて見れば女の此の弱気な心持も分らないではありません。

が、もし今私が誰かに其の説明を求められたなら私は前述の彼女の手紙の一節を以てお答えしましょう。

「女だって別に一つ型に鋳込んで作られたものじゃあないんですもの。時によっては、そりゃ強くもなるわ。でも又、時には、私はやっぱり女だって、しみじみ思う事もあるのよ」

青い花

谷崎潤一郎

「君は此の頃又少し痩せたね、どうかしたのかい？ 顔色が悪い、――」

さっき、尾張町の四つ角で出遇った友人のTにそう云われてから、彼はゆうべの阿具里《あぐり》とのことを想い出して、一層歩くのに疲労を覚えた。Tは勿論そんな事に気が付いて云った訳じゃなかろう、――彼とあぐりとの間柄は今更冷やかすほどの事でもなし、二人が一緒に銀座通りを歩いて居たって別に不思議はないんだから、――が、神経質で見え坊の岡田にはその一と言が少からぬ打撃であった。自分は此の頃遇う人毎に「痩せた」と云われる。――実際此の一年来自分でも恐ろしいくらい眼に見えて痩せる。殊に此の半年の間と云うものは、嘗てはあんなにつやつやと肥えて居た肉と脂肪が、一と月一と月削られるように殺《そ》げてゆく。どうかすると一日の間でもそれが目立って分ることがある。毎日々々、入浴の度びに全身を鏡に映しては、そっと肉附きの衰えた工合を検査するのが癖になってしまったが、もう近頃は鏡を見るのが恐ろしい気がする。昔――と云っても今から二三年前までは、彼の体つきは女性的だと云われて居た。友達と一緒に湯に這入ったりなんかすると、「どうだい、ちょっと斯う云う形をすると女のように見えるだろう、変な気を起しちゃいかんぜ」などと自慢をしたものだったのに、――就中女に似ていたのは腰から下の部分だった。ムッチリした、色の白い、十八九の娘のそれのように円く隆起した臀の肉を、彼は屢々鏡に映して愛撫しながらウットリとした覚えがある。股や膨《ふく》らッ脛《ぱぎ》の線などが無恰好なくらいに太って居て、その脂ぎった、豚のような醜い脚を、あぐりと一緒に入浴しながら、彼女のそれに比べて見るのが好きであった。その当時やっと十五の少女だったあぐりの脚の西洋人のようにスッキリしたのが牛屋《ぎゅうや》の女中の脚みたいな彼のものと並べられる時、一層美しく見えたのをあぐりも喜んだし彼も喜んだ。お転婆《てんば》な彼女は屢々彼を仰向けに倒して団子を踏んづけるように股の上を踏んづけたり、渡って歩いたり、腰かけたりした。――然るにそれが、今は何という情ない、細ッこい脚になってしまったんだろう。膝や踝の関節など、しんこを括《くく》ったように可愛らしく括れてえくぼが出来て居たのだが、いつからとはなく傷々しく骨が突き出て、皮の下でグリグリと動くのが見える。血管が蚯蚓《みみず》みたいに露出して居る。臀はだんだんペッタンコになって、堅い物に腰をかけると板と板とが打つかるような感じがする。でもつい此の間までは、肋骨が見える程ではなかったのに、下の方から一枚々々トゲ立って来て、胃袋の上から喉の所まで、人体の構造はこんな工合に出来て居るのかと薄気味悪く思われるくらい、ありありと透き徹って居る。大喰いをするから此ればかりは大丈夫と思って居た太鼓腹が次第に凹んで、此の塩梅じゃ今に胃袋まで見え出すかも知れない、脚の次に「女らしい」ので自慢をしたのは腕だったけれど、——何かと云うとその腕を巻くって見せて女にも褒められ、自分でも「此の手で深みへハンマ千鳥」と惚れられた女にからかったものだけれどそれが今では贔屓目にも女らしいとは——いや男らしいとも思われない。人間の腕と云うよりは棒ッ切れだ。胴体の両側に鉛筆がぶら下って居るのだ。苟くも骨と骨との間にある凹みと云う凹みからは悉く肉が落ち、脂が取れ、こうして何処まで痩せて行くのか、——一体こんなに痩せてしまって、それでも生きて動いて居るのが不思議でもあり、有難くもあり、自分ながら凄じくもある。——そう考えると、もうそれだけでも彼の神経は脅やかされて急にグラグラと眩暈《めまい》がする。後頭部がずしんと痺れてそのまま後ろへ引き倒されるような、膝頭がガクガクと曲りそうな気持になる——勿論気持ばかりではない、神経が手伝うには違いないのだが、長い間に嘗め尽した歓楽と荒色の報いであることは、——糖尿病のせいもあるけれどもそれも報いの一つであるから、——彼にはよく分って居る。今更嘆いても追っつかないようなものの、ただ恨めしいのはその報いが意外に早く、そうして而も彼の最も頼みとする肉体の上に、それも内臓の病気でなく、外形の上に来たことである。まだ三十台だ、こんなに衰えなくってもいいんだのに、……思うと、彼は地団太ふんで泣きたくなる。

「ちょっと、ちょっと、――あの指輪はアクアマリンじゃなくって？　ね、そうでしょう、あたしに似合わないか知ら？」

ふいと、あぐりは立ち止まって彼の袖を忙しく突ッついてショオ・ウィンドオの中を覗いた。「あたしに似合わないか知ら」と云いながら、彼女は手の甲を岡田の鼻先へ持って来て五本の指を反らしたり縮めたりして見せる。――銀座通りの五月の午後の日光が、明るくかっきりとその上に照って居るせいか、生れてからピアノのキイに触れるより外一度も堅いものに触れたことのないような、柔かい、すんなりと伸びた指どもが、今日は一《ひ》と入《しお》なまめかしい色つやを帯びて居る。嘗て支那に遊んで、南京の妓館で何とか云う妓生《ぎせい》の指がテーブルの上に載って居るのを眺めた時、あんまりしなやかで綺麗なので温室の花のように思われ、凡そ世の中に支那婦人の手ほど繊細の美を極めたものはないと感じたが、此の少女の手はただあれよりもほんの少し大きく、ほんの少し人間らしいだけである。あれが温室の花なら此れは野生の嫩草《わかくさ》でもあろうか、そしてその人間らしいのが却って支那婦人のそれよりは親しみ深いとも云えるのである。若しこんな指が福寿草のように小さな鉢に植わって居たら、どんなに可愛らしいだろう。……

「ね、どう？　似合わないか知ら？」

と云って、彼女は掌をウィンドオの前の手すりにあてて、踊りの手つきのようにグッと反りを打たせる。そして問題のアクアマリンの事は忘れたように自分の手ばかり視つめて居る。

「……」

が、岡田はどんな返事をしたか覚えはない。彼もあぐりと同じところを視つめたまま、――頭は自然と、此の美しい手に附きまとういろいろな空想で一杯になって居た。……考えて見ると、もう二三年も前から自分は此の手を朝な夕な――此の愛着の深い一片の肉の枝を、――粘土のように掌上に弄び、懐炉のようにふところに入れ、口の中に入れ、腕の下に入れ、頤の下に入れていじくったものだが、自分がだんだん年を取るのと反対に、此の手は不思議にも年一年と若々しさを増して来る。まだ十四五の折りにはそれは黄色く萎びていて、細かい皺が寄っていたのに、今では皮がピンと張り切って、白く滑かに乾燥して、その癖どんな寒い日にでも粘ッこい膩味《あぶらみ》がじっとりと、指輪の金が曇るくらいに肌《き》理《め》に沁みている。……あどけない手、子供のような手、赤ん坊のように弱々しくて淫婦のように阿娜《あだ》っぽい手、……ああ、此の手はこんなに若々しく、昔も今も歓楽を追うて已まないのに、どうして自分は斯うも衰えてしまったのか。自分はもう、此の手を見るだけでもそれが挑発するさまざまの密室の遊びを連想して、毒々しい刺戟に頭がズキズキする。……じっと見ていると、岡田にはそれが手だとは思えなくなって来る。……白昼――銀座の往来で、此の十八の少女の裸体の一部、――手だけが此処にむき出されているのだが、……肩のところもああなって居る、胴のところも……腹のところもああなって居る、……臀、……足、……それらが一つ一つ恐ろしくハッキリ浮かんで来て奇妙な這うような形をする。見えるばかりでなく、それがどっしりと、十三四貫の肉塊の重味になって感ぜられる。……一瞬間、岡田は気が遠くなって後頭部がグラグラして、危く後ろへ倒れそうになる。……馬鹿なッ、――岡田はハッとして妄想を打ち消す。……よろめきかかった足を蹈《ふ》みしめる。……

「じゃ、横浜へ行って買ってくれる?」

「ああ」

そう云いながら、二人は新橋の方へ歩き出した。――此れから横浜へ行くのである。今日はいろいろの物を買って貰うのだから、あぐりは嬉しいに違いない。山下町のアーサー・ボンドや、レーン・クロフォードや、何とか云う印度人の宝石商や、支那人の洋服屋や、横浜へ行けばお前に似合う物が何でもある。お前はエキゾティック・ビューティーだ、在り来りの、その割につまらなく金のかかる日本人臭い服装は似合わないのだ。西洋人や支那人を御覧、そんなに金を掛けないで、顔の輪廓や皮膚の色を引き立たせる法を知って居る。お前も此れからそうするがいい。――そう云われてあぐりは今日を楽しみにして居た。彼女は歩きながら、自分が今着ているフランネルの和服の下に、初夏の温気で生暖く汗ばみつつ静かに喘ぎ息づいている白い肌が、――のびのびと発達した小馬のような手足の肉が、やがてその「似合わない」和服を脱いで、耳には耳環をつけ、頸には頸飾をつけ、胸には絹だか麻だかのサラサラした半透明のブラウスをつけ、踵の高いきゃしゃな靴先でしなしなと……街を通る西洋人のようになった姿を空想する。そしてそう云う西洋人がやって来ると、彼女はすかさずジロジロと見送っては、「あの頸飾はどう？　あの帽子はどう？」と云う風にウルサク執拗《しつこ》く岡田に尋ねる。その心持は岡田も同じで、彼には若い西洋の婦人と云う婦人が、悉く洋服を着たあぐりに見える。……あれも買ってやりたい、此れも買ってやりたい、と、そう思うのであるが……それで居て一向気持が浮き立たないのはなぜであろう。此れからあぐりを相手にして面白い遊びが始まるのだ。天気は好し、風は爽やかだし、五月の空は何処へ行っても愉快である。「蛾眉青黛紅巾沓」……新しい、軽い衣裳を彼女に着けさせ、所謂紅巾の沓を穿かせて、可愛い小鳥のように仕立て、楽しい隠れ家を求むべく汽車に載せて連れて行く。青々とした、見晴らしのいい海辺の突端のベランダでもよし、木々の若葉がぎらぎらとガラス戸越しに眺められる温泉地の一室でもよし、又はちよいと気の付かない外国人町の幽暗なホテルでもいい。そこで遊びが始まるのだ、自分が始終夢に見て居る――ただその為めにのみ生きて居る――面白い遊びが始まるのだ。……その時彼女は豹の如くに横わる、……頸飾と耳環を附けた豹の如くに横わる、……子供の時から飼い馴らした、主人の物好きをよく呑み込んだ豹ではあるが、その精悍と敏捷とは屢々主人を辟易さす。じゃれる、引ッ掻く、打つ、跳び上る、……果てはずたずたに喰い裂いて骨の髄までしゃぶろうとする、……ああその遊び！　考えただけでも彼の魂はエクスタシーに惹き込まれる。彼は覚えず興奮の余り身ぶるいする。突然、グラグラと眩暈《めまい》がして再び気が遠くなって、……今、三十五歳を一期にして此の往来へ打っ倒れて死ぬんじゃないかと思われる。……

「あら、死んじゃったの？　仕様がないわね」

と、あぐりは足もとに転がった屍骸を見てポカンとする。――屍骸の上には午後二時の日がかんかん照って、痩せて飛び出た頰骨の凹みに濃い蔭を作る。――どうせ死ぬならもう半日も生きて居て、横浜へ行って買い物をしてくれれば好かったのに、……あぐりは忌ま忌ましくなって、チョッと舌打ちする。成るべく係り合いになりたくはないが、しかし此のまま放って置く訳にも行くまい、……が、此の屍骸のポッケットには何百円かの金がある。此れはあたしの物になる筈だった、――せめて一と言、それを遺言して死んでくれるとよかったけれど、――此の男は馬鹿々々しいほどあたしの愛に溺れて居たから、あたしが今ポッケットからその金を出し、好きな物を買い好きな男と浮気をしても、あたしを恨む訳はないから、彼はあたしが多情な女であることを知り、それを許して居たばかりか時には喜んでさえ居たんだから、――あぐりは自分に云い訳しながら、ポケットから金を取り出す。たとい化けて出て来たにしろ此の男なら恐ろしくはない、幽霊になってもきっとあたしの云う事を聴くだろう。あたしの思う通りになるだろう。……

「ちょっと、幽霊さん、お前のお金であたしはこんな指輪を買った、こんな綺麗なレースの附いたスカートを買った、そら御覧、（と、そのスカートを捲くって見せて）お前の好きな私の脚、――此の素晴らしい足を御覧、此の白い絹の靴下も、膝の所を結んである桃色のリボンの靴下留めも、みんなお前のお金で買った、何とあたしは品物の見立てが上手じゃなくって？　あたしはまるで天使のように立派じゃなくって？　お前は死んでもあたしはお前のお望み通りの、あたしに似合う衣裳を着て、面白おかしく世間を飛んだり跳ねたりして居る。あたしは嬉しい、ほんとに嬉しい、お前が斯うしてくれたんだからお前だって嬉しかろう。お前の夢があたしになって、こんな美しいあたしになってピンピン生きて居るんだから。……さあ幽霊さんや、あたしに惚れた、死んでも浮かばれない幽霊さんや、一つお笑い！」

そう云って、冷めたい骸《むくろ》を力まかせに抱きしめてやる、枯木のような骨と皮とがミシミシ云って、「もう溜らない、堪忍《かんにん》してくれ」と泣き声を出すまで抱きしめてやる。それでも降参しなければまだいくらでも誘惑してやる。皮が破れて、ありもしない血がたらたらと流れて、シヤリツ骨が一本々々バラバラになるまで可愛がってやる。そしたら幽霊も文句はなかろう。……

「どうかしたの、何か考え事をして居るの？」

「う、……ううん」と、岡田は口の中をもぐもぐやらした。

　こうして一緒に、楽しそうに歩いて居ながら、――こんな楽しみはない筈だのに、自分の心は彼女と調子を合わせられない。悲しい連想がそれからそれへと湧き上って、遊びの「あ」の字が始まらぬうちから、体が弱り切って居る。ナニ神経だ、大した事はない、此のお天気に表へ出れば直ってしまう。――そう自ら励まして出て来たのだが、やっぱり神経ばかりではない、手足が抜けるようにだるくて、歩く度に腰が軋《きし》む。だるいと云う感覚は、時に依っては甘くなつかしいものだけれども、それが斯うまで度が強くなれば何か好くない徴候だと云う予感がする。今、自分の知らぬ間に、重い病気が刻々と組織を冒しつつあるのじゃないか。自分はそれを放ったらかして、打つ倒れるまでフラフラ歩いて居るのじゃないか。一旦打つ倒れたが最後、どッと病み着いてしまうのじゃないか。――ああ、こんなにだるいくらいなら、いっそ早くそうなってしまいたい。そして柔かい蒲団の上にでもぐったり寝かして貰いたい。事に依ると、自分の健康はもう疾っくにそれを要求して居るのじゃないか。「いけません、いけません、そんな体で出歩くなんて飛んでもない事です、眩暈《めまい》がするのは当り前です、寝て居なけりゃいけません」と、医者が見たらビックリして止める程なのじゃないか。――そこまで考えると一層がッかりして、歩くのが尚更大儀になる。銀座通りの鋪装道路が、――健康な時にはその上を濶歩することがいかに愉快だか知れないところの、堅い、コチコチの地面が、一歩々々に靴の踵から頭の頂辺《てっぺん》へズキン、ズキンと響いて来る。

第一、足の肉を型にハメたように締めつけて居る赤皮のボックスの靴が、恐ろしく窮屈な気がする。元来洋服なんてものはピンシャンした達者な人間が着るもので、衰弱した体ではとても持ち切れない。腰、肩、腋の下、頸ッたま、……関節と云う関節を締め金やボタンやゴムや鞣皮で二重にも三重にも絞られて居るのだから、何の事はない、十字架にかけられたまま歩いて居るようなものである。ちょいと考えたところでも靴の下には靴下と云う奴があって、その上の方が御丁寧にもガーターで脛にぴんと引っ張られて居る。更にワイシャツを着、ズボンを穿き、それをギュッとビジョーで以て骨盤の上に喰い込ませ、肩から襷がけに吊り上げる。……頤と胴との間にはカラアがカッチリと嵌め込まれ、又その上を厳重にもネクタイで縛り、ピンを刺し込む。たっぷり太って居る人間だと、いくらギュウギュウ締めつけてもますますハチ切れそうで景気がいいが、痩せた人間はたまらない。そんなエライものを着て居るのかと思うと、うんざりして手足が余計疲れて来て、息が詰まりそうになる。洋服だからこそ兎に角こうして歩けるのだ、――が、歩けない体を無理やりに板の如く突ッ張らされて、足枷手枷《あしかせてかせ》をはめられて、「さあもう少しだ、しッかりしろ、倒れちゃいかんぞ！」と、後ろから責め立てられて居るんだとしたら、誰だって泣きたくなるだろう。……

ふと、岡田は、歩いているうちにだんだん我慢が出来なくなって、急に気が違ってだらしなく泣き出すところを想像した。……たった今まで、年頃のお嬢さんを連れて、此のお天気に何処か散歩にでも出かけるらしい軽快な服装をして、銀座通りを歩いて居た中年の紳士、――そのお嬢さんの伯父さんとも見える男が、急に顔の造作を縦横に歪めて「わあッ」と子供のように泣き出す！「あぐりちゃん、あぐりちゃん、僕はもう歩けないんだよう！　おんぶしておくれよう！」と、往来に立ち止まってだだを捏ねる。「何よ！　どうしたのよ！　お止しなさいよそんな真似をして！　みんなが見てるじゃないの」と、あぐりは突ッけんどんに云って、恐い伯母さんのような眼つきで睨める。――彼女は彼が発狂したとは、ちょっとも気が付かないであろう、――彼女に取って此の男の泣きッ面は珍しくもない。往来では始めてだけれど、二人きりの部屋の中ならいつでも丁度こんな風に泣くのだから。――「馬鹿ね、此の男は何もおもてで泣かないだって、泣きたけりゃ後でいくらでも泣かしてやるのに」と、彼女はそうも思うであろう。「シッ、お黙りなさい。止して頂戴ッたら、極まりが悪いから」――が、そう云っても何でも岡田は容易に泣き止まないで、果ては身をもがいて、カラーやネクタイを滅茶々々にかなぐり捨てて暴れ廻る。そしてスッカリ疲れ切って、息をせいせい弾ませてペッタリと地面へ倒れる。「もう歩けない、……己は病人だ、……早く洋服を脱がして柔かい物を着せておくれ、往来だって構わないから、此処へ蒲団を敷いておくれ」と、半分は譫語《うわごと》のように云う。あぐりは当惑して、恥かしさに火の出るような顔をする。――もう逃げるにも逃げられない、二人の周りには真ッ昼間黒山のような人だかりだ、巡査がやって来る、――あぐりは衆人環視の中で訊問される、――「あの女は何者だろう」「令嬢かね」「いやそうじゃない」「オペラの女優かね」など人々がコソコソ云う。――「どうですあなた、こんな所に寝て居ないで、起きて貰えませんかね」気ちがいと見て巡査が劬《いた》わるように云う。「いやです、いやです、僕は病人なんだってば！　起きられるもんですか」。岡田は首を振りながらまだめそめそ泣いて居る、――

そんな光景が、彼の眼にハッキリと映る。実際自分が、現にそうなって居るかのように、めそめそ泣く時の心持が其の通りにしみじみ湧いて来る。……

「お父さん、……お父さん、……」

と、何処やらで、あぐりとは全く違った、いたいけな、可愛らしい声が微かに聞える。今年五つになる、円々とメリンス友禅の着物を着た女の児が、頑是《がんぜ》ない手をさし伸べて彼を招いて居るのである。その後ろには髷に結ったその児の母らしい姿も居る。……「照子や、照子や、お父さんは此処に居るよ、……おおお咲！　お前もそこに居てくれたのか」。二三年前に亡くなった彼の母親の顔も見える、……母は頻りに何か云おうとして居るのだ、それがあんまり遠すぎるせいかもやもやとした霞に隔てられて居る。……ただもどかしそうな身振りをして、心細い哀れっぽいことを云いながら、さめざめと涙で頰を濡らして居るのがぼんやり分る。……

もう悲しい事なんか考えまい、母の事や、お咲の事や、子供の事や、死の事や、――それをひょっと想い出しただけでこんなに悲しいのはどう云う訳だろう。やっぱり体が弱って居るせいではないか。二三年前、達者な時分には、悲しいには悲しくってもこんなにエラクはなかった筈だが、今では悲しい心持が生理的の疲労と一緒になって、体中の血管の中にどんよりとこだわって居る。そのこだわりが淫慾の為めに煽られる時、ますます重苦しさを増して来て、……彼は五月の白日の街を歩きながら、眼には外界の何物も見ず耳には何物も聞かない、そして執拗に、陰鬱に彼の心は内側へばかりめり込んで行く。

「もしね、買い物の都合でお金が剰ったら腕時計を買ってくれない？――」

あぐりはそんな事を云って居る。――ちょうど新橋ステーションの前へ来たので、そこの大時計を見て、彼女は想い出したのであろう。

「上海へ行くといい時計があるんだがな、お前に買って来ればよかったっけ」

それから又一としきり、岡田の空想は支那へ飛んで行く、――蘇州の閶門外《しょうもんがい》のほとりに、美しい画舫を浮かべて、虎邱《こきゅう》の塔の聳える方へのどかな運河を棹さして行く。――船の中には若い二人が鴛鴦のように仲好く並んで腰かけて居る。――彼とあぐりとがいつの間にやら支那の紳士となり、妓生となって、――

彼はあぐりを愛しているのか？　そう聞かれたら岡田は勿論「そうだ」と答える。が、あぐりと云うものを考える時、彼の頭の中は恰も手品師が好んで使う舞台面のような、真ッ黒な天鵞絨《びろうど》の帷《とばり》を垂らした暗室となる、――そしてその暗室の中央に、裸体の女の大理石の像が立って居る。その「女」が果してあぐりであるかどうかは分らないけれども、彼はそれをあぐりであると考える。少くとも、彼が愛して居るあぐりはその「女」でなければならない、――頭の中のその彫像でなければならない、――それが此の世に動き出して生きて居るのがあぐりである。今、山下町の外国人街を彼と並んで歩いて居る彼女、――その肉体が纏って居るゆるやかなフランネルの服を徹《とお》して、彼は彼女の原型を見る事が出来、その着物の下にある「女」の彫像を心に描く。一つ一つの優婉な鑿《のみ》の痕をありありと胸に浮かべる。今日はその彫像をいろいろの宝石や鎖や絹で飾ってやるのだ。彼女の肌からあの不似合な、不恰好な和服を剝ぎ取って、一旦ムキ出しの「女」にして、それのあらゆる部分々々の屈曲に、輝きを与え、厚みを加え、生き生きとした波を打たせ、むっくりとした凹凸を作らせ、手頸、足頸、襟頸、――頸と云う頸をしなやかに際立たせるべく、洋服を着せてやるのだ。そう思う時、愛する女の肢体の為めに買い物をすると云う事は、まるで夢のように楽しいものじゃないだろうか？

夢、――此の物静かな、人通りの少い、どっしりした洋館の並んで居る街を、ところどころのショオ・ウィンドオを覗きながら歩いて居るのは、夢のような気がしないでもない。銀座通りのようにケバケバしくなく、昼も森閑と落ち着いて居て、何処に人が住んで居るかと訝しまれるような、ひっそりした灰色の分厚な壁の建物の中に、ただウィンドオのガラスだけが魚の眼のようにきらりと光って、それへ青空が映って居る。街とは云うものの、それは恰も博物館の歩廊のような感じである。そして両側のガラスの中に飾ってある商品も、鮮やかではあるが奇態に幽玄な色つやを帯びて、怪しくなまめかしく、たとえば海の底の花園じみた幻想を与える。ALL KINDS OF JAPANESE FINE ARTS: PAINTINGS, PORCELAINS, BRONZE STATUES,……などと記した骨董商の看板が眼に留まる。MAN CHANG DRESS MAKER FOR LADIES AND GENTLEMEN……こう書いてあるのは大方支那人の服屋であろう。JAMES BERGMAN JEWELLERY……RINGS, EARRINGS, NECKLACES, ……と云うのもある。E & B Co. FOREIGN DRY GOODS AND GROCERIES……LADY'S UNDERWEARS……DRAPERIES, TAPESTRIES, EMBROIDERIES,……それらの言葉は何だか耳に聞いただけでもピアノの音《おん》のように重々しく美しい。……東京から僅か一時間電車に乗っただけであるのに、非常に遠い所へ来たような気がする。……そして、買いたいと思う物があっても、寂然と扉を鎖した店つきを見ると、何となく中へ這入るのが躊躇せられる。銀座あたりの商店ではそんな事はないのだが、此れが外国人向きなのであろうか――此の街のショオ・ウィンドオはただ冷然と商品をガラスの奥に並べて居るだけで、「買って下さい」と云うような愛嬌がない。うす暗い店の中には店員の働いて居そうなけはいもなく、いろいろな物を飾ってはあるが仏壇のように沈鬱である。――が、それが一層そこにある商品を不思議に蠱惑《こわく》的に見せるのでもあろう。

あぐりと彼とはその街通りを暫く往ったり来たりした。彼の懐には金がある、そして彼女の服の下には白い肌がある。靴屋の店、帽子屋の店、宝石商、雑貨商、毛皮屋、織物屋、……金さえ出せばそれらの店の品物がどれでも彼女の白い肌にぴったり纏《まつ》わり、しなやかな四肢に絡《から》まり、彼女の肉体の一部となる。――西洋の女の衣裳は「着る物」ではない、皮膚の上層へもう一と重被《かさねかぶ》さる第二の皮膚だ。外から体を包むのではなく、直接皮膚へべったりと滲《し》み込む文身《いれずみ》の一種だ。――そう思って眺める時、到る所の飾り窓にあるものが皆《みんな》あぐりの皮膚の一と片《ひら》、肌の斑点、血のしたたりであるとも見える。彼女は其れらの品物の中から自分の好きな皮膚を買って、それを彼女の皮膚の一部へ貼り付ければよい。若しもお前が翡翠《ひすい》の耳環を買うとすれば、お前はお前の耳朶《みみたぼ》に美しい緑の吹き出物が出来たと思え。あの毛皮屋の店頭にある、栗鼠《りす》の外套を着るとすれば、お前は毛なみがびろうどのようにつやつやしい一匹の獣になったと思え。あの雑貨店に吊るしてある靴下を求めるなら、お前がそれを穿いた時からお前の足には絹の切れ地の皮が出来て、それへお前の暖かい血が通う。エナメルの沓を穿くとすればお前の踵《かかと》の軟かい肉は漆になってピカピカ光る。可愛いあぐりよ！　彼処にある物はみんなお前と云う「女」の彫像へ当て嵌《は》めて作られたお前自身の脱け殻だ、お前の原型の部分々々だ。青い脱け殻でも、紫のでも、紅いのでも、あれはお前の体から剝がした皮だ、「お前」を彼処で売って居るのだ、彼処でお前の脱け殻がお前の魂を待って居るのだ、……お前はあんなに素晴らしい「お前の物」を持って居るのに、なぜぶくぶくした不恰好のフランネルの服なんかにくるまって居る！

「はあ、……此のお嬢さんがお召しになる？――どんなのがよござんすかな」

うす暗い奥から出て来た日本人の番頭は、そう云いながらあぐりの様子をジロジロと見た。二人はとあるレデー・メードの婦人服屋へ這入ったのである。成るべく這入りよさそうな、小じんまりした商店を選んだので中はそんなに立派ではないが、狭い部屋の両側にガラス張りのケースがあって、それへ幾つもの出来合いの服が吊るしてある。ブラウスだのスカートだのが、――「女の胸」や「女の腰」が、――衣紋架けにかけられて頭の上に下って居る。室の中央にも背の低いガラス棚がある。そしてそれにはペティコートや、シュミーズや、靴下や、コルセットや、いろいろのレースの小切れやらが飾られて居る。柔かい、ほんとうに女の皮膚よりも柔かい、チリチリとちぢれた縮緬だの、羽二重だの、繻子だのの、滑かな冷や冷やとした切れ地ばかりである。あぐりは自分が、やがてそんな切れ地を着せられて西洋人形のようになるのかと思うと、番頭にジロジロ見られるのが恥かしくて、快活な、元気のいい彼女にも似ず妙に内気に縮《ちぢ》こまりながら、その癖「此れも欲しい、彼《あ》れも欲しい」と云うように眼を光らせる。

「あたし、どんなのがいいのか分らないけれど、……ねえ、どれにしようか知ら?」

番頭の視線を避けるが如く岡田の蔭へ隠れながら、彼女は小声で、当惑したように云う。

「そうですね、まあ此処いらならばどれでも似合うと思いますがね」

そう云って番頭は、白い、麻のような服をひろげた。

「どうです、ちょっと此れを当てがって見て御覧なさい、――そこに鏡がありますから」

あぐりは鏡の前へ来て、その白いものをだらだらと頤の下へ垂らして見る。そして、子供がむずかる時のような陰鬱な顔つきをして、上眼でじっと眺めて居る。

「どうだね、それにしたら――」

「ええ、此れでもいいわ」

「此れは麻でもないようだが、何だね物は？」

「それはコットン・ボイルですよ、サラサラして着心のいいもんです。――」

「いくら？」

「そうですね、――ええと此れはと、――」

番頭は奥を向いて大きな声を出す。

「おい、此のコットン・ボイルの服あ、此りあいくらだっけね、――え、四十五円か？」

「体に合うように直して貰わなきゃならないが今日中には間に合わないだろうか？」

「え？　今日中に？　明日の船で立つんですか」

「いや、そうじゃない、船へ乗る訳じゃないんだけれど、少し急ぐんだ」

「おい、君、どうだい、――」

と、番頭は又奥へ向いて云う。

「今日中に直してくれって云ってるんだが、直してやれるかい、――直せるなら直してやってくれ給え」

ぞんざいな言葉づかいの、ぶっきらぼうな男であるが、親切な、人の好さそうな番頭である。

「じゃ、直《じ》きに直して上げますがね、どうしたってもう二時間はかかりますよ」

「そのくらいは構わないよ、此れから帽子や靴を買って来て、此処で着換えさして貰いたいんだ。洋服は始めてだもんだから何も分らないんだけれど、下へ着る物はどんな物を揃えるんだろう?」

「よござんす、みんな店にありますから一と通り揃えて上げます。――此奴を一番下へ着てね、（と、番頭はガラス棚からするすると絹の胸当てを引き出して）それからその上へ此れを着けて、下へは此れと此れを穿くんです。こんな風に出来たのもありますが、此奴あ此処が開いて居ないから、此れを穿くと小便が出来なくってね、だから西洋人は成るべく小便をしないようにするんです。此奴は不便だから此の方がいいでしょう、此れなら此処にボタンがあって、ほら、此れを外せばちゃんと小便が出来ます。……此のシュミーズが八円です、此のペティコートが六円ぐらいです、日本の着物に比べると安いもんですが、此れだって、こんな綺麗な羽二重ですよ、……それじゃ寸法を取りますから此方へいらっしゃい」

フランネルの布の上から、その下にある原型の円みや長さが測られる。腕の下や脚の周りへ革の物差が巻きついて、彼女の肉体の嵩と形とが検べられる。

「此の女はいくらだね、……」

と、番頭がそう云うのじゃないか、自分は今、奴隷市場に居るのじゃないか、そしてあぐりを売り物に出して、値を付けさせて居るのじゃないか、――岡田はふいとそんな気がした。


夕方の六時頃、彼とあぐりとは矢張その街の近所で買った紫水晶の耳環だの、真珠の頸飾だの、靴だの帽子だのの包みを提げて婦人服屋の店へ戻った。

「やあお帰んなさい、好い物がありましたかね」

と、番頭はすっかり馴れ馴れしい口調で云った。

「もうみんな直って居ますよ、彼処にフィッティング・ルームがあります、――さ、彼処へ行って着換えて御覧なさい」

出来上った服、――しっとりと、一塊の雪のように柔かい物を片手にかかえて、岡田はあぐりの後についてスクリーンの蔭へ這入った。等身の姿見の前に進んで、彼女は相変らずむずかしい顔をしつつも、静かに帯を解き始める。――

……岡田の頭の中にある「女」の影像が其処に立った。彼はチクチクと手に引っかかる軽い絹を、彼女に手伝って肌へ貼り着けてやりながら、ボタンを嵌め、ホックを押し、リボンを結び、影像の周囲をぐるぐると廻る。あぐりの頰には其の時急に嬉しそうな、生き生きした笑いが上る。……岡田は又グラグラと眩暈《めまい》を感ずる。……

なぜソロモンはシバの女王とたった一度しか会わなかったか？　芥川龍之介

ソロモンは生涯《しょうがい》にたった一度シバの女王《じょおう》に会《あ》っただけだった。それは何もシバの女王が遠い国にいたためではなかった。タルシシの船や、ヒラムの船は三年に一度金銀《きんぎん》や象牙《ぞうげ》や猿《さる》や孔雀《くじゃく》を運んで来た。が、ソロモンの使者の駱駝はエルサレムを囲《かこ》んだ丘陵《きゅうりょう》や沙漠《さばく》を一度もシバの国へ向ったことはなかった。

ソロモンはきょうも宮殿の奥にたった一人坐っていた。ソロモンの心は寂しかった。モアブ人、アンモニ人、エドミ人、シドン人、ヘテ人等の妃たちも彼の心を慰めなかった。彼は生涯に一度会ったシバの女王のことを考えていた。

シバの女王は美人ではなかった。のみならず彼よりも年をとっていた。しかし珍《めずら》しい才《さい》女《じょ》だった。ソロモンはかの女と問答《もんどう》をするたびに彼の心の飛躍するのを感じた。それはどういう魔術師と星占いの秘密を論じ合う時でも感じたことのない喜びだった。彼は二度でも三度でも、――或は一生の間でもあの威厳《いげん》のあるシバの女王と話していたいのに違いなかった。

けれどもソロモンは同時に又シバの女王を恐れていた。それはかの女に会っている間は彼の智慧を失うからだった。少くとも彼の誇っていたものは彼の智慧かかの女の智慧か見分けのつかなくなるためだった。ソロモンはモアブ人、アンモニ人、エドミ人、シドン人、ヘテ人等の妃たちを蓄えていた。が、彼女等は何といっても彼の精神的奴隷だった。ソロモンは彼女等を愛撫《あいぶ》する時でも、ひそかに彼女等を軽蔑《けいべつ》していた。しかしシバの女王だけは時には反って彼自身を彼女の奴隷にしかねなかった。

ソロモンは彼女の奴隷になることを恐れていたのに違いなかった。しかし又一面には喜んでいたのにも違いなかった。この矛盾はいつもソロモンには名状の出来ぬ苦痛だった。彼は純金の獅子を立てた、大きい象牙の玉座の上に度々太い息を洩らした。その息は又何かの拍子《ひょうし》に一篇の抒情詩《じょじょうし》に変ることもあった。

わが愛する者の男の子等の中にあるは
林の樹の中に林檎《りんご》のあるがごとし。
……………………
その我上《わがうえ》に翻《ひるがえ》したる旗は愛なりき。
請う、なんじら乾葡萄をもてわが力を補え。
林檎《りんご》をもて我に力をつけよ。

我は愛によりて疾みわずらう。

或日の暮、ソロモンは宮殿《きゅうでん》の露台《ろだい》にのぼり、はるかに西の方を眺《なが》めやった。シバの女王の住んでいる国はもちろん見えないのに違いなかった。それは何かソロモンに安心に近い心もちを与えた。しかし又同時にその心もちは悲しみに近いものも与えたのだった。

すると突然幻は誰も見たことのない獣を一匹、入り日の光の中に現《げん》じ出した。獣は獅子《しし》に似て翼《つばさ》を拡げ、頭を二つ具えていた。しかもその頭の一つはシバの女王の頭であり、もう一つは彼自身の頭だった。頭は二つとも噛み合いながら、不思議にも涙を流していた。幻は暫《しばら》く漂っていた後、大風の吹き渡る音と一しょに忽《たちま》ち又空中へ消えてしまった。そのあとには唯かがやかしい、銀の鎖に似た雲が一列、斜めにたなびいているだけだった。

ソロモンは幻の消えた後もじっと露台《ろだい》に佇んでいた。幻の意味は明かだった。たといそれはソロモン以外の誰にもわからないものだったにもせよ。

エルサレムの夜も更けた後、まだ年の若いソロモンは大勢の妃たちや家来たちと一しょに葡萄の酒を飲み交していた。彼の用いる杯や皿はいずれも純金《じゅんきん》を用いたものだった。しかしソロモンはふだんのように笑ったり話したりする気はなかった。唯きょうまで知らなかった、妙《みょう》に息苦しい感慨の漲《みなぎ》って来るのを感じただけだった。

番紅花《サフラン》の紅《くれない》なるを咎《とが》むる勿れ。

桂枝《けいし》の匂えるを咎むる勿れ。
されど我は悲しいかな。
番紅花《サフラン》は余りに紅《くれない》なり。
桂枝《けいし》は余《あま》りに匂い高し。

ソロモンはこう歌いながら、大きい竪琴を掻き鳴らした。のみならず絶えず涙を流した。彼の歌は彼に似げない激越《げきえつ》の調べを漲《みなぎ》らせていた。妃たちや家来たちはいずれも顔を見合《みあわ》せたりした。が、誰もソロモンにこの歌の意味を尋《たず》ねるものはなかった。ソロモンはやっと歌い終ると、王冠を頂いた頭を垂れ、暫くはじっと目を閉じていた。それから、――それから急に笑顔を挙《あ》げ、妃たちや家来たちとふだんのように話し出した。

タルシシの船やヒラムの船は三年に一度金銀や象牙や猿や孔雀を運んで来た。が、ソロモンの使者の駱駝はエルサレムを囲《かこ》んだ丘陵や沙漠を一度もシバの国へ向《むか》ったことはなかった。

強い女

高見　順

夫と結婚する為に、彼女は家を棄てた。そして一年。夫は獄に投ぜられた。そして一年。裏切り者に成ってのこのこ出て来た夫を彼女は固く退けた。棄てねばならぬものを冷酷に棄て去った、強い彼女も――

「インテリは、だから当てにならない」

こう、夫を非難する言葉が、全然他人のことの様に聞き流し難い苦さを、同じインテリの彼女の耳のうちに淀ませるのを、自分でもハッキリ感じた。そのこだわりがこの頃、殊に激しく成った。

彼女は「纎維」――纎維産業の組合――の仕事に就けると信じていた。だから、やっと帰って来た夫をも腑抜けと罵《ののし》って、容易に蹴れたのだ。口では「小さい」と言っていても、これで仲々「小さくない感情」を見事に抑え得たのである。だが、それは許されなかった。で、今は――女給だ。K地区の「化学」――化学産業の組合――のオルグ松本と二人で一軒借りて、世間態では二人は夫婦だった。同じく世間態では、共稼ぎの若夫婦の所へ、友人関係で転げ込んでいる同居人という形で奥の三畳にオルグの市沢がいる。二人とも生え抜きの労働者。彼女の夫が育てた闘士だ。彼女は腐った夫を棄て、今、夫のように見えて実は夫でもなんでもない松本と市沢の生活を支えているのだ。彼女の稼ぎは又、その地区の「化学」のオルグ達みんなの交通費に成っていた。これは大変重要な仕事だ。彼女はそれを深く自覚している。然し、もっと重要な仕事に就き得る自信を持っていた。事実、同じ地区の「繊維」で、時々彼女を呼ぼうという意見が出ているという事を松本達も口にしていた。だが、それは一向に実現しない。何故か？「インテリは、だから当てにならない」——こいつが直接自分に向って嚙み掛かってくる。彼女は単にこだわる以上の感情にぐいぐい曳き廻され初め、「いけない！」と叫ぶ。——事実彼女を希望の仕事に就けないのは、彼女がインテリだからという「事実」からではなく、仕事に就け得るに充分な訓練をいま与えているのだ。それが見えない丈でも、まだ彼女はインテリ的なのだ。……

　ところで、ある日、松本は真赤に成って怒った。「隠して置くナンテどうする積りだったのだ」——僅宛《わずかずつ》、松本達の眼をかすめて彼女は金をためていた。自分で稼いだ金を、別に訳ナンテないのだが、自分のものとして少しでも持っていたかったのだ。言って見ればなんの事はない。だが、松本は口惜しかった。彼女がまだ「当に成らぬ」証拠が此処に歴然と示されたからである。彼女は松本の意外な怒りに全く驚いた。だが、だんだん分かって来た。同時に泣けて来た。「亭主にあれ丈け強い所を見せたあんたが、自分にかけては、からきし弱いんだから……」市沢が彼女の肩を柔しく撫でた。「駄目だよ。もっと自分にもむごく当らなくッちゃ。——でないと、オルグに成れる日が益々遠くなるぜ。分ったかい？……」

「……！」口に出せないものが、彼女の首を激しく頷かせ、濡れた眼に新しい光りが輝いていた。

松本はもう怒っていなかった。この思いがけない素晴らしい機会を静かに喜んでいた。

辛夷の花

堀　辰雄

「春の奈良へいって、馬酔木《あしび》の花ざかりを見ようとおもって、途中、木曽路をまわってきたら、おもいがけず吹雪に遭いました。……」

僕は木曽の宿屋で貰った絵はがきにそんなことを書きながら、汽車の窓から猛烈に雪のふっている木曽の谷々へたえず目をやっていた。

春のなかばだというのに、これはまたひどい荒れようだ。その寒いったらない。おまけに、車内には僕たちの外には、一しょに木曽からのりこんだ、どこか湯治にでも出かけるところらしい、商人風の夫婦づれと、もうひとり厚ぼったい冬外套をきた男の客がいるっきり。——でも、上松《あげまつ》を過ぎる頃から、急に雪のいきおいが衰えだし、どうかするとぱあっと薄日のようなものが車内にもさしこんでくるようになった。どうせ、こんなばかばかしい寒さは此処いらだけと我慢していたが、みんな、その日ざしを慕うように、向うがわの座席に変わった。妻もとうとう読みさしの本だけもってそちら側に移っていった。僕だけ、まだときどき思い出したように雪が紛々と散っている木曽の谷や川へたえず目をやりながら、こちらの窓ぎわに強情にがんばっていた。……

どうも、こんどの旅は最初から天候の具合が奇妙だ。悪いといってしまえばそれまでだが、いいとおもえば本当に具合よくいっている。第一、きのう東京を立ってきたときからして、かなり強い吹きぶりだった。だが、朝のうちにこれほど強く降ってしまえば、ゆうがた木曽に着くまでにはとおもっていると、午すこしまえから急に小ぶりになって、まだ雪のある甲斐《かい》の山々がそんな雨の中から見えだしたときは、何んともいえずすがすがしかった。そうして信濃境《しなのざかい》にさしかかる頃には、おあつらえむきに雨もすっかり上がり、富士見あたりの一帯の枯原も、雨後のせいか、何かいきいきと蘇ったような色さえ帯びて車窓を過ぎた。そのうちにこんどは、彼方に、木曽のまっしろな山々がくっきりと見え出してきた。……

その晩、その木曽福島《ふくしま》の宿に泊って、明けがた目をさまして見ると、おもいがけない吹雪だった。

「とんだものがふり出しました……」宿の女中が火を運んできながら、気の毒そうにいうのだった。「このごろ、どうも癖になってしまって困ります」。

だが、雪はいっこう苦にならない。で、けさもけさで、そんな雪の中を衝いて、僕たちは宿を立ってきたのである。……

いま、僕たちの乗った汽車の走っている、この木曽の谷の向うには、すっかり春めいた、明かるい空がひろがっているか、それとも、うっとうしいような雨空か、僕はときどきそれが気になりでもするように、窓に顔をくっつけるようにしながら、谷の上方を見あげてみたが、山々にさえぎられた狭い空じゅう、どこからともなく飛んできてはさかんに舞い狂っている無数の雪のほかにはなんにも見えない。そんな雪の狂舞のなかを、さっきからときおり出しぬけにぱあっと薄日がさして来だしているのである。それだけでは、いかにもたよりなげな日ざしの具合だが、ことによるとこの雪国のそとに出たら、うららかな春の空がそこに待ちかまえていそうなあんばいにも見える。……

僕のすぐ隣りの席にいるのは、このへんのものらしい中年の夫婦づれで、問屋の主人かなんぞらしい男が何か小声でいうと、首に白いものを巻いた病身らしい女もおなじ位の小声で相槌を打っている。べつに僕たちに気がねをしてそんな話し方をしているような様子でもない。それはちっともこちらの気にならない。ただ、どうも気になるのは、一番向うの席にいろんな恰好をしながら寝そべっていた冬外套の男が、ときどきおもい出したように起き上っては、床のうえでひとしきり足を踏み鳴らす癖のあることだった。それがはじまると、その隣りの席で向うむきになって自分の外套で脚をつつみながら本をよんでいた妻が僕のほうをふり向いては、ちょっと顔をしかめて見せた。

そんなふうで、三つ四つ小さな駅を過ぎる間、僕はあいかわらず一人だけ、木曽川に沿った窓ぎわを離れずにいたが、そのうちだんだんそんな雪もあるかないか位にしかちらつかなくなり出してきたのを、なんだか残り惜しそうに見やっていた。もう木曽路ともお別れだ。気まぐれな雪よ、旅びとの去ったあとも、もうすこし木曽の山々にふっておれ。もうすこしの間でいい、旅びとがおまえの雪のふっている姿をどこか平原の一角から振りかえってしみじみと見入ることができるまで。――

そんな考えに自分がうつけたようになっているときだった。ひょいとしたはずみで、僕は隣りの夫婦づれの低い話声を耳に挿さんだ。

「いま、向うの山に白い花がさいていたぞ。なんの花けえ？」

「あれは辛夷《こぶし》の花だで」

僕はそれを聞くと、いそいで振りかえって、身体をのり出すようにしながら、そちらがわの山の端にその辛夷の白い花らしいものを見つけようとした。いまその夫婦たちの見た、それとおなじものでなくとも、そこいらの山には他にも辛夷の花さいた木が見られはすまいかとおもったのである。だが、それまで一人でぼんやりと自分の窓にもたれていた僕が急にそんな風にきょときょととそこいらを見まわし出したので、隣りの夫婦のほうでも何事かといったような顔つきで僕のほうを見はじめた。僕はどうもてれくさくなって、それをしおに、ちょうど僕とは筋向いになった座席であいかわらず熱心に本を読みつづけている妻のほうへ立ってゆきながら、「せっかく旅に出てきたのに本ばかり読んでいる奴もないもんだ。たまには山の景色でも見ろよ。……」そう言いながら、向いあいに腰かけて、そちらがわの窓のそとへじっと目をそそぎ出した。

「だって、わたしなぞは、旅先きででもなければ本もゆっくり読めないんですもの」。妻はいかにも不満そうな顔をして僕のほうを見た。

「ふん、そうかな」ほんとうを云うと、僕はそんなことには何も苦情をいうつもりはなかった。ただほんのちょっとだけでもいい、そういう妻の注意を窓のそとに向けさせて、自分と一しょになって、そこいらの山の端にまっしろな花を簇がらせている辛夷の木を一二本見つけて、旅のあわれを味ってみたかったのである。

そこで、僕はそういう妻の返事には一向とりあわずに、ただ、すこし声を低くして言った。

「むこうの山に辛夷の花がさいているとさ。ちょっと見たいものだね」

「あら、あれをごらんにならなかったの」。妻はいかにもうれしくってしようがないように僕の顔を見つめた。

「あんなにいくつも咲いていたのに。……」

「嘘をいえ」。こんどは僕がいかにも不平そうな顔をした。「わたしなんぞは、いくら本を読んでいたって、いま、どんな景色で、どんな花がさいているかぐらいはちゃんと知っていてよ。……」

「何、まぐれあたりに見えたのさ。僕はずっと木曽川の方ばかり見ていたんだもの。川の方には……」

「ほら、あそこに一本」。妻が急に僕をさえぎって山のほうを指した。

「どこに？」僕はしかし其処には、そう言われてみて、やっと何か白っぽいものを、ちらりと認めたような気がしただけだった。

「いまのが辛夷の花かなあ？」僕はうつけたように答えた。

「しようのない方ねえ」。妻はなんだかすっかり得意そうだった。「いいわ。また、すぐ見つけてあげるわ」。

が、もうその花さいた木々はなかなか見あたらないらしかった。僕たちがそうやって窓に顔を一しょにくっつけて眺めていると、目なかいの、まだ枯れ枯れとした、春あさい山を背景にして、まだ、どこからともなく雪のとばっちりのようなものがちらちらと舞っているのが見えていた。

僕はもう観念して、しばらくじっと目をあわせていた。とうとうこの目で見られなかった、雪国の春にまっさきに咲くというその辛夷の花が、いま、どこぞの山の端にくっきりと立っている姿を、ただ、心のうちに浮べてみていた。そのまっしろい花からは、いましがたの雪が解けながら、その花の雫のようにぽたぽたと落ちているにちがいなかった。

……

いずこへ

坂口安吾

私はそのころ耳を澄ますようにして生きていた。もっともそれは注意を集中しているという意味ではないので、あべこべに、考える気力というものがなくなったので、耳を澄ましていたのであった。

私は工場街のアパートに一人で住んでおり、そして、常に一人であったが、女が毎日通ってきた。そして私の身辺には、釜、鍋、茶碗、箸《はし》、皿、それに味噌の壺《つぼ》だのタワシだのと汚らしいものまで住みはじめた。

「僕は釜だの鍋だの皿だの茶碗だの、そういうものと一緒にいるのが嫌いなんだ」

と、私は品物がふえるたびに抗議したが、女はとりあわなかった。

「お茶碗もお箸も持たずに生きてる人ないわ」

「僕は生きてきたじゃないか。食堂という台所があるんだよ。茶碗も釜も捨ててきてくれ」

女はくすりと笑うばかりであった。

「おいしい御飯ができますから、待ってらっしゃい。食堂のたべものなんて、飽きるでしょう」

女はそう思いこんでいるのであった。私のような考えに三文の真実性も信じていなかった。

まったく私の所持品に、食生活に役立つ器具といえば、洗面の時のコップが一つあるだけだった。私は飲んだくれだが、杯《さかずき》も徳利も持たず、ビールの栓ぬきも持っていない。部屋では酒も飲まないことにしていた。私は本能というものを部屋の中へ入れないことにしていたのだが食物よりも先ず第一に、女のからだが私の孤独の蒲団《ふとん》の中へ遠慮なくもぐりこむようになっていたから、釜や鍋が自然にずるずる住みこむようになっても、もはや如是我説を固執するだけの純潔に対する貞節の念がぐらついていた。

人間の生き方には何か一つの純潔と貞節の念が大切なものだ。とりわけ私のようにぐうたらな落伍者の悲しさが影身にまで泌《し》みつくようになってしまうと、何か一つの純潔とその貞節を守らずには生きていられなくなるものだ。

私はみすぼらしさが嫌いで、食べて生きているだけというような意識が何より我慢ができないので、貧乏するほど浪費する、一ケ月の生活費を一日で使い果し、使いきれないとわざわざ人に呉れてやり、それが私の二十九日の貧乏に対する一日の復讐だった。

細く長く生きることは性来私のにくむところで、私は浪費のあげくに三日間ぐらい水を飲んで暮さねばならなかったり下宿や食堂の借金の催促で夜逃げに及ばねばならなかったり落武者の生涯は正史にのこる由もなく、惨又惨、当人に多少の心得があると、笑いださずにいられなくなる。なぜなら、細々と毎日欠かさず食うよりは、一日で使い果して水を飲み夜逃げに及ぶ生活の方を私は確信をもって支持していた。私は市井《しせい》の屑のような飲んだくれだが後悔だけはしなかった。

私が鍋釜食器類を持たないのは夜逃げの便利のためではない。こればかりは私の生来の悲願であって――どうも、いけない、私は生れついてのオッチョコチョイで、何かというとむやみに大袈裟なことを言いたがるので、もっともこうして自分をあやしながら私は生きつづけてきたのだ。これは私の子守唄であった。ともかく私はただ食って生きているだけではない、という自分に対する言訳のために、茶碗ひとつ、箸一本を身辺に置くことを許さなかった。

私の原稿はもはや殆《ほとん》ど金にならなかった。私はまったく落伍者であった。私は然し落伍者の運命を甘受していた。人はどうせ思い通りには生きられない。桃山城で苛々《いらいら》している秀吉と、アパートの一室で、朦朧《もうろう》としている私とその精神の高低安危にさしたる相違はないので、外形がいくらか違うというだけだ。ただ私が憂える最大のことは、ともかく秀吉は力いっぱいの仕事をしており、落伍者という萎縮のために私の力がゆがめられたり伸びる力を失ったりしないかということだった。

思えば私は少年時代から落伍者が好きであった。私はいくらかフランス語が読めるようになると長島萃という男と毎週一回会合して、ルノルマンの「落伍者《ラテ》」という戯曲を読んだ。（もっともこの戯曲は退屈だったが）私は然しもっと少年時代からポオやボードレエルや啄木などを文学と同時に落伍者として愛しており、モリエールやヴォルテールやボンマルシェを熱愛したのも人生の底流に不動の岩盤を露呈している虚無に対する熱愛に外ならなかった。然しながら私の落伍者への偏向は更にもっとさかのぼる。私は新潟中学というところを三年生の夏に追いだされたのだが、そのとき、学校の机の蓋の裏側に、余は偉大なる落伍者となっていつの日か歴史の中によみがえるであろうと、キザなことを彫ってきた。もとより小学生の私は大将だの大臣だの飛行家になるつもりであったが、いつごろから落伍者に志望を変えたのであったか。家庭でも、隣近所、学校でも憎まれ者の私は、いつか傲然《ごうぜん》と世を白眼視するようになっていた。もっとも私は稀代のオッチョコチョイであるから、当時流行の思潮の一つにそんなものが有ったのかも知れない。

然し、少年時代の夢のような落伍者、それからルノルマンのリリックな落伍者、それらの雰囲気的な落伍者と、私が現実に落ちこんだ落伍者とは違っていた。

私の身辺にリリスムはまったくなかった。私の浪費精神を夢想家の甘さだと思うのは当らない。貧乏を深刻がったり、しかめっ面をして厳しい生き方だなどという方が甘ったれているのだと私は思う。貧乏を単に貧乏とみるなら、それに対処する方法はあるので、働いて金をもうければよい。単に食って生きるためなら必ず方法はあるもので、第一、飯が食えないなどというのは元来がだらしのないことで、深刻でもなければ厳粛でもなく、馬鹿馬鹿しいことである。貧乏自体のだらしなさや馬鹿さ加減が分らなければ文学などはやらぬことだ。

私は食うために働くという考えがないのだから、貧乏は仕方がないので、てんから諦めて自分の馬鹿らしさを眺めていた。遊ぶためなら働く。贅沢のため浪費のためなら働く。けれども私が働いてみたところでとても意にみちる贅沢豪奢《ごうしゃ》はできないから、結局私は働かないだけの話で、私の生活原理は単純明快であった。

私は最大の豪奢快楽を欲し見つめて生きており多少の豪奢快楽でごまかすこと妥協することを好まないので、そして、そうすることによって私の思想と文学の果実を最後の成熟のはてにもぎとろうと思っているので、私は貧乏はさのみ苦にしていない。夜逃げも断食も、苦笑以外にさしたる感懐はない。私の見つめている豪奢悦楽は地上に在り得ず、歴史的にも在り得ず、ただ私の生活の後側にあるだけだ。背中合せに在るだけだった。思えば私は馬鹿な奴であるが、然し、人間そのものが馬鹿げたものなのだ。

ただ私が生きるために持ちつづけていなければならないのは、仕事、力への自信であった。だが、自信というものは、崩れる方がその本来の性格で、自信という形では一生涯に何日も心に宿ってくれないものだ。此奴は世界一正直で、人がいくらおだててくれても自らを誤魔化すことがない。私とておだてられたり讃めたてられたりしたこともあったが、自信の奴は常に他の騒音に無関係なしろもので、その意味では小気味の良い存在だったが、これをまともに相手にして生きるためには、苦味にあふれた存在だ。

私は貧乏を意としない肉体的の思想があったので、雰囲気的な落伍者になることはなく、抒情的な落伍者気分や厭世観はなかった。私は落伍者の意識が割合になかったのである。その代り、常に自信と争わねばならず、何等か実質的に自信をともかく最後の一歩でくいとめる手段を忘れることができない。実質的に――自信はそれ以外にごまかす手段のないものだった。

食器に対する私の嫌悪は本能的なものであった。蛇を憎むと同じように食器を憎んだ。又私は家具というものも好まなかった。本すらも、私は読んでしまうと、特別必要なもの以外は売るようにした。着物も、ドテラとユカタ以外は持たなかった。持たないように「つとめた」のである。中途半端な所有慾は悲しく、みすぼらしいものだ。私はすべてを所有しなければ充ち足りぬ人間だった。

そんな私が、一人の女を所有することはすでに間違っているのである。

私は女のからだが私の部屋に住みこむことだけ食い止めることができたけれども、五十歩百歩だ。鍋釜食器が住みはじめる。私の魂は廃頽《はいたい》し荒廃した。すでに女を所有した私は、食器を部屋からしめだすだけの純潔に対する貞節を失ったのである。

私は女がタスキをかけるのは好きではない。ハタキをかける姿などは、そんなものを見るぐらいなら、ロクロ首の見世物女を見に行く方がまだましだと思っている。部屋のゴミが一寸の厚さにつもっても、女がそれを掃くよりは、ゴミの中に坐っていて欲しいと私は思う。私が取手《とりで》という小さな町に住んでいたとき、私の顔の半分が腫《は》れ、ボツボツと原因不明の膿《う》みの玉が一銭貨幣ぐらいの中に点在し、尤《もっと》も痛みはないのである。ちょうど中村地平と真杉静枝が遊びにきて、そのとき真杉静枝が、蜘蛛《くも》が巣をかけたんじゃないかしら、と言ったので、私は歴々《ありあり》と思いだした。まさしく蜘蛛が巣をかけたのである。私は深夜にふと目がさめて、天井と私の顔にはられた蜘蛛の巣を払いのけたのであった。私は今でも不思議に思っているのであるが、真杉静枝はなぜ蜘蛛の巣を直覚したのだろう？　こんなことを考えつくのは感嘆すべきことであるよりも、凡《およ》そ馬鹿馬鹿しいことではないか。

新しい蜘蛛の巣は綺麗なものだ。古い蜘蛛の巣はきたなく厭らしく蜘蛛の貪欲が不潔に見えるが、新しい蜘蛛の巣は蜘蛛の貪欲まで清潔に見え、私はその中で身をしばられてみたいと思ったりする。新鮮な蜘蛛の巣のような妖婦を私は好きであるが、そんな人には私はまだ会ったことがない。日本にポピュラーな妖婦の型は古い蜘蛛の巣の主人が主で、弱さも強さも肉慾的であり、私は本当の妖婦は肉慾的ではないように思う。小説を書く女の人に本当の妖婦はいない。「リエゾン・ダンジュルーズ」の作中人物がそう言っているのだが、私もそれは本当だと思う。

私は妖婦が好きであるが、本当の妖婦は私のような男は相手にしないであろう。逆さにふってふりまわしても出てくるものはニヒリズムばかり、外には何もない。左様。外にうぬぼれがあるか。当人は不羈《ふき》独立の魂と言う。鼻持ちならぬ代物だ。

人生の疲労は年齢には関係がない。二十九の私は今の私よりももっと疲労し、陰鬱で、人生の衰亡だけを見つめていた。私は私の女に就て、何も描写する気持がない。私の所有した女は私のために良人と別れた女であった。否むしろ、良人と別れるために私と恋をしたのかも知れない。それが多分正しいのだろう。

その当座、私達はその良人なる人物をさけて、あの山この海、温泉だの古い宿場の宿屋だの、泊り歩いていた。私は始めから特に女を愛してはいなかった。所有する気持もなかった。ただ当もなく逃げまわる旅寝の夢が、私の人生の疲労に手ごろな感傷を添え、敗残の快感にいささかうつつをぬかしているうちに、女が私の所有に確定するような気分的結末を招来してしまっただけだ。良人を嫌いぬいて逃げ廻る女であったが、本質的にタスキをかけた女であり、私と知る前にはさるヨーロッパの紳士と踊り歩いたりしていた女でありながら、私のために、味噌汁をつくることを喜ぶような女であった。

女が私の属性の中で最も憎んでいたものは不羈独立の魂であった。偉い芸術家になどなってくれるなと言うのである。平凡な人間のままで年老いた枯木の如く一緒に老いてみたいというのである。私が老眼鏡をかけて新聞を読んでいる。女も老眼鏡をかけて私のシャツのボタンをつけている。二人の腰は曲っている。そして背中に陽が当っている。女はその光景を私に語るのである。そうなりたいのは女の本心であった。いくらかの土地を買って田舎へ住みましょうよ。頻《しき》りに女はそう言うのだ。

そういう女だから私が不満なわけではない。元々私が女を「所有」したことがいけないので、私は女の愛情がうるさくて仕方がなかった。

「ほかに男をつくらないか。そしてその人と正式に結婚してくれないかね」

と私は言うが、女がとりあわないのにも理由があり、私は甚《はなは》だ嫉妬深く、嫉妬というよりは負け嫌いなのだ。女が他の男に好意をもつことに本能的に怒りを感じた。そんな怒りは三日もたてば忘れ果て、女の顔も忘れてしまう私なのだが、現在に処して私の怒りの本能はエネルギッシュで、あくどい。女が私の言葉を信用せず、私の愛情を盲信するにも一応自然な理由があった。

私が深夜一時頃、時々酒を飲みに行く十銭スタンドがあった。屋台のような構えになっているので二時三時頃まで営業してもめったに巡査も怒らない仕組で、一時頃酒が飲みたくなる私には都合のよい店であった。三十ぐらいの女がやっており、客が引上げると戸板のようなものを椅子の上へ敷いてその上へねむるのだそうで、非常に多淫な女で、酔っ払うと客をとめる。けれども百万の人にもましてうすぎたない不美人で、私も時々泊れと誘われたが泊る気持にはとてもならない。土間に寝るのが厭なんでしょう、私があなたの所へ泊りに行くからアパートを教えて、と言うが、私はアパートも教えなかった。

この女には亭主があった。兵隊上りで、張作霖《ちょうさくりん》の爆死事件に鉄路に爆弾を仕掛けたという工兵隊の一人で、その後の当分は外出どめのカンヅメ生活がたのしかった、とそんな話を私にきかせてくれた。無頼の徒で、どこかのアパートにいるのだが、女は亭主を軽蔑しきっており、客の中から泊る勇士がない時だけ亭主を泊めてやる。亭主は毎晩見廻りに来て泊る客がある時は帰って行き、ヤキモチは焼かない代りに三四杯の酒と小づかいをせびって行く。この男が亭主だということは私以外の客は知らない。私は女に誘われても泊らないので亭主は私に好意を寄せて打ち開けて話し、女も私には隠さず、あのバカ（女は男をそうよんだ）ヤキモチも焼かない代りに食いついてヤモリみたいに離れないのよ、と言った。私と男二人だけで外に客のない時は、今晩泊めろ、泊めてやらない、ネチネチやりだし、男が暴力的になると女が一そう暴力的にバカヤロー行ってくれ、水をひっかけるから、と言いも終らず皿一杯の水をひっかけ、このヤロー、男がいきなり女の横ッ面をひっぱたく、女が下のくぐりをあけて這いだしてきて武者ぶりつき椅子をふりあげて力まかせに男に投げつけるのだ。女は殺気立つと気違いだった。ガラスは割れる、徳利ははねとぶ。男はあきらめて口笛を吹いて帰って行く。好色多淫、野人の如くであるが、亭主にだけは妙に意地をはるのである。

男は立派な体格で、苦味走った好男子で、汚い女にくらべれば比較にならず、客のなかでこの男ほど若くて好い男は見当らぬのだから笑わせる。天性の怠け者で、働く代りに女を食い物にする魂の低さが彼を卑しくしていた。その卑しさは女にだけは良く分り、又、事情を知る私にも分るが、ほかの人には分らない。彼がムッツリ酒をのんでいると、知らない客は場違いの高級の客のように遠慮がちになるほどだ。彼は黒眼鏡をかけていた。それはその男の趣味だった。

ある夜更《よふけ》すでに三時に近づいており客は私と男と二人であった。女はかなり酔っており、その晩は亭主を素直に泊める約束をむすんだ上で、今晩は特別私におごるからと女が一本男が一本、むりに私に徳利を押しつけた。そこへ新米の刑事が来た。新米と云っても年齢は四十近い鼻ヒゲをたてた男だ。酒をのんで露骨に女を口説きはじめたが、以前にも泊りこんだことがあるのは口説き方の様子で察しることが容易であった。女は応じない。応じないばかりでなく、あらわに刑事をさげすんで、商売の弱味で仕方なしに身体をまかせてやるのに有難いとも思わずに、うぬぼれるな、女は酔っていたので婉曲《えんきょく》に言っていても、露骨であった。刑事は、その夜の泊り客は私であり、そのために、女が応じないのだと考えた。

私はそのときハイキング用の尖端にとがった鉄のついたステッキを持っていた。私はステッキを放したことのない習慣で、そのかみはシンガポールで友達が十弗《ドル》で買ったという高級品をついていたが、酔っ払って円タクの中へ置き忘れ、つまらぬ下級品をつくよりはとハイキング用のステッキを買ってふりまわしていた。私の失った籐《とう》のステッキは先がはずれて神田の店で修繕をたのんだとき、これだけの品は日本に何本もない物ですと主人が小僧女店員まで呼び集めて讃嘆して見せたほどの品物であった。一度これだけのステッキを持つと、まがい物の中等品は持てないのだ。

貴様、ちょっと来い。刑事はいきなり私の腕をつかんだ。

「バカヤロー。貴様がヨタモノでなくてどうする。そのステッキは人殺しの道具じゃないか」

「これはハイキングのステッキさ。刑事が、それくらいのことを知らないのかね」

「この助平」

女が憤然立上った。

「この方はね、私が泊れと言っても泊ったことのない人なんだ。アパートをきいても教えてくれないほどの人なんだ。見損うな」

そこで刑事は私のことはあきらめたのである。そこで今度は男の腕をつかんだ。男は前にも留置場へ入れられたことがあり、刑事とは顔ナジミであった。

「貴様、まだ、うろついているな。その腕時計はどこで盗んだ」

「貰ったんですよ」

「いいから、来い」

男は馴れているから、さからわなかった。落付いて立上って、並んで外へでた。そのとき女は椅子を踏み台にしてスタンドの卓をとび降りて跣足《はだし》でとびだした。卓の上の徳利とコップが跳ねかえって落ちて割れ、女は刑事にむしゃぶりついて泣き喚《わめ》いた。

「この人は私の亭主だい。私の亭主をどうするのさ」

私はこの言葉は気に入った。然し女は吠《ほ》えるように泣きじゃくっているので、スタンドの卓を飛び降りた疾風のような鋭さも竜頭蛇尾であった。刑事はいくらか呆気《あっけ》にとられたが女の泣き方がだらしがないので、ひるまなかった。

「この人は本当にこの女の人の旦那さんです」

と私も出て行って説明したが、だめだった。男は私に黙礼して、落付いて、肩をならべて行ってしまった。そのときだ、ちょうどそこに露路があり、露路の奥から私の女が出てきたのだ。女は黒い服に黒い外套をきており、白い顔だけが浮いたように街灯のほの明りの下に現れたとき、私はどういうわけなのか見当がつかなかったが、非常に不快を感じた。私達のつながりの宿命的な不自然に就て、胸につきあがる怒りを覚えた。

私の女は私に、行きましょう、と言った。当然私が従わねばならぬ命令のようなものと、優越のようなものが露骨であった。私はむらむらと怒りが燃えた。私は黙って店内へ戻って酒をのみはじめた。私の前には女と男が一本ずつくれた二本の酒があるのだが、私はもはや吐き気を催して実際は酒の匂いもかぎたくなかった。女は帰らないの、と言ったが、帰らない、君だけ帰れ、女は怒って行ってしまった。

ところが私は散々で、私はスタンドの気違い女に追いだされてしまったのである。この女は逆上すると気違いだ。行って呉れ、このヤロー、気取りやがるな、と女は私に喚いた。

なんだい、あいつが彼女かい、いけ好かない、行かなきゃ水をぶっかけてやるよ。そして立ち去る私のすぐ背中にガラス戸をガラガラ締めて、アバヨ、もううちじゃ飲ませてやらないよ、とっとと消えてなくなれ、と言った。

私の女が夜更の道を歩いてきたのには理由があって、女のもとへ昔の良人がやってきて、二人は数時間睨《にら》み合っていたが、女は思いたって外へでた。男は追わなかったそうである。そして私のアパートへ急ぐ途中、偶然、奇妙な場面にぶつかって、露路にかくれて逐一見とどけたのであった。女の心事はいささか悲愴なものがあったが、私のようなニヒリストにはただその通俗が鼻につくばかり、私は蒲団をかぶって酔いつぶれ寝てしまう、女は外套もぬがず、壁にもたれて夜を明し、明け方私をゆり起した。女はひどく怒っていた。女は夜が明けたら二人で旅行にでようと言っていたのだ。然し、私も怒っていた。起き上ると、私は言った。

「なぜ昨日の出来事のようなときに君は横から飛びだしてきて僕に帰ろうと命令するのだ。君は僕を縛ることはできないのだ。僕の生活には君の関係していない部分がある。たとえば昨日の出来事などは君には無関係な出来事だ。あの場合君に許されている特権は僕の留守の部屋へ勝手に上りこんで僕の帰りを待つことができるというだけだ。君が偶然あの場所を通りかかったということによって僕の行為に掣肘《せいちゅう》を加える何の権力も生れはしない。

君と僕とのつながりには、つながった部分以上に二人の自由を縛りあう何の特権も有り得ないのだ」

女は極度に強情であったが、他にさしせまった目的があるときは、そのために一時を忍ぶ方法を心得ていた。彼女は否応なしに私を連れだして汽車に乗せてしまい、その汽車が一時間も走って麦畑の外に何も見えないようなところへさしかかってから、

「自由を束縛してはいけないたって、女房ですもの、当然だわ」

もはや私は答えなかった。私が女を所有したことがいけないのだ。然し、それよりも、もっと切ないことがある。それは私が、私自身を何一つ書き残していない、ということだった。私はそのころラディゲの年齢を考えてほろ苦くなる習慣があった。ラディゲは二十三で死んでいる。私の年齢は何という無駄な年齢だろうと考える。今はもう馬鹿みたいに長く生きすぎたからラディゲの年齢などは考えることがなくなったが、年齢と仕事の空虚を考えてそのころは血を吐くような悲しさがあった。私はいったいどこへ行くのだろう。この汽車の旅行は女が私を連れて行くが、私の魂の行く先は誰が連れて行くのだろうか。私の魂を私自身が握っていないことだけが分った。これが本当の落伍者だ。生計的に落魄《らくはく》し、世間的に不問に附されていることは悲劇ではない。自分が自分の魂を握り得ぬこと、これほどの虚しさ馬鹿さ惨《みじ》めさがある筈はない。女に連れられて行先の分らぬ汽車に乗っ

ている虚しさなどは、末の末、最高のものを持つか、何物も持たないか、なぜその貞節を失ったのか。然し私がこの女を「所有しなくなる」ことによって、果してまことの貞節を取戻し得るかということになると、私はもはや全く自信を失っていた。私は何も見当がなかった。私自身の魂に。そして魂の行く先に。

私は「形の堕落」を好まなかった。それはただ薄汚いばかりで、本来つまらぬものであり、魂自体の淪落《りんらく》とつながるものではないと信じていたからであった。

女の従妹にアキという女があった。結婚して七八年にもなり良人がいるが、喫茶店などで大学生を探して浮気をしている女で、千人の男を知りたいと言っており、肉慾の快楽だけを生き甲斐にしていた。こういう女は陳腐であり、私はその魂の低さを嫌っていた。一見綺麗な顔立で、痩せこけた、いかにも薄情そうな女で、いつでも遊びに応じる風情で、私の好色を刺戟しないことはなかったが、私はかかる陳腐な魂と同列になり下ることを好まなかった。私が女に「遊ぼう」と一言ささやけばそれでよい。そしてその次に起ることはただ通俗な遊びだけで、遊びの陶酔を深めるための多少のたしなみも複雑さもない。ただ安直な、投げだされた肉慾があるだけだった。

そう信じている私であったが、私は駄目であった。あるとき私の女が、離婚のことで帰郷して十日ほど居ないことがあり、アキが来て御飯こしらえてあげると云って酒を飲むと、元より女はその考えのことであり、私は自分の好色を押えることができなかった。

この女の対象はただ男の各々の生殖器で、それに対する好奇心が全部であった。遊びの果に私が見出さねばならぬことは、私自身が私自身ではなく単なる生殖器であり、それはこの女と対する限り如何《いかん》とも為しがたい現実の事実なのであった。もしも私が単なる生殖器から高まるために、何かより高い人間であることを示すために、女に向って無益な努力を重ねるなら、私はより多く馬鹿になる一方だ。事実私はすでにそれ以上に少しも高くはないのである。だから私はハッキリ生殖器自体に定着して女とよもやまの話をはじめた。

女は私が三文文士であることを知っているので、男に可愛く見えるにはどうすればよいかということを細々《こまごま》と訊ねた。女は主として大衆作家の小説から技術を習得している様子であったが、その道にかけては彼等の方が私より巧者にきまっているから私などそれに附け足す何もない、私がそう言うと女は満足した様子に見えた。女は学生達の大半は物足らないのだと言った。私がハズをだまし、あなたがマダムをだまして、隠れて遊ぶのはたのしいわね、と女が言った。私は別にたのしくはない。私はただ陳腐な、それは全く陳腐それ自体で、鼻につくばかりであった。

女の肉体は魅力がなかった。女は男の生殖器の好奇心のみで生きているので、自分自身の肉体的の実際の魅力に就て最大の不安をもっていた。けれども、そういうことよりも、自分の肉慾の満足だけで生きている事柄自体に、最も魅力がないのだということに就て、女は全然さとらなかった。

単なるエゴイズムというものは、肉慾の最後の場でも、低級浅薄なものである。自分の陶酔や満足だけをもとめるというエゴイズムが、肉慾の場に於ても、その真実の価値として高いものでは有り得ない。真実の娼婦は自分の陶酔を犠牲にしているに相違ない。彼女等はその道の技術家だ。天性の技術家だ。だから天才を要するのだ。それは我々の仕事にも似ている。真実の価値あるものを生むためには、必ず自己犠牲が必要なのだ。人のために捧げられた奉仕の魂が必要だ。その魂が天来のものである時には、決して幇間《ほうかん》の姿の如く卑小賤劣《せんれつ》なものではなく、芸術の高さにあるものだ。そして如何なる天才も目先の小さな我慾だけに狂ってしまうと、高さ、その真実の価値は一挙に下落し死滅する。

この女は着物の着こなしの技巧などに就て細々と考え、どんな風にすればウブな女に見えるとか、どの程度に襟《えり》や腕を露出すれば男の好色をかきたてうるとか、そしてそういう計算から煙草も酒も飲まない女であった。然しながら、この女の最後のものは自分の陶酔ということだけで、天性の自己犠牲の魂はなかった。裸になれば、それまでだ。どんなにウブに見せ、襟足や腕の露出の程度に就て魅力を考えても、裸になれば、それまでのことだ。その真実の魂の低さに就て、この女はまったく悟るところがなかった。

私はそのころ最も悪魔に就て考えた。悪魔は全てを欲する。然し、常に充ち足りることがない。その退屈は生命の最後の崖だと私は思う。然し、悪魔はそこから自己犠牲に回帰する手段に就て知らない。悪魔はただニヒリストであるだけで、それ以上の何者でもない。私はその悪魔の無限の退屈に自虐的な大きな魅力を覚えながら、同時に呪わずにはいられなかった。私は単なる悪魔であってはいけない。私は人間でなければならないのだ。

然し、私が人間になろうとする努力は、私が私の文学の才能の自信に就て考えるとき、私の思想の全部に於て、混乱し壊滅せざるを得なかった。

するともう、私自身が最も卑小なエゴイストでしかなかった。私は女を「所有した」ことによって、女の存在をただ呪わずにいられなかった。私は私の女の肉体が、その生殖器が特別魅力の少いことに就てまで、呪い、嘆かずにいられなかった。

「あなたのマダムのからだ、魅力がありそうね」

「魅力がないのだ。凡そ、あらゆる女のなかで、私の知った女のからだの中で、誰よりも」

「あら、うそよ。だって、とても、可愛く、毛深いわ」

私は私の女の生殖器の構造に就て、今にも逐一語りたいような、低い心になるのであったが、私自身がもはやそれだけの屑のような生殖器にすぎないことを考え、私はともかく私の女に最後の侮辱を加えることを抑えている私自身の惨めな努力を心に寒々と突き放していた。

「君は何人の男を知った？」

「ねえ、マダムのあれ、どんな風なの？　ごまかさないで、教えてよ」

「君のを、教えてやろうか」

「ええ」

女は変に自信をくずさずに、ギラギラした眼で笑って私を見つめている。

私はそのときふと思った。それは女のギラギラしている眼のせいだった。私はスタンドの汚い女を思ったのだ。あの女は酔っ払うといつも生殖器の話をした。男の、又、女の。そして、私に泊らないかと言う時には、いつもギラギラした眼で笑っていた。

私は今度こそあのスタンドへ泊ろうと思った。一番汚いところまで、行けるところまで行ってやれ。そして最後にどうなるか、それはもう、俺は知らない。

私はあの夜更にスタンドを追いだされて以来、その店へ酒を飲みに行かなかった。そのころは十銭スタンドの隆盛時代で、すこし歩くつもりならどんな夜更の飲酒にも困ることはなかったのだ。夜明までやっている屋台のおでん屋も常にあった。もっとも、この土地にはヨタモノが多く、そのために知らない店へ行くことが不安であったが、私はもはやそれも気にかけていなかった。

ある朝、私はその日のことを奇妙に歴々《ありあり》と天候まで覚えている。朝といっても十時半、十一時に近い頃であった。うららかな昼だった。私は都心へ用たしに出かけるため京浜電車の停留場へ急ぐ途中スタンドの前を通ったのだが、私はその日に限って、なにがしかまとまった金をふところに持っていた。ちょうどスタンドの女が起きて店の掃除を終えたところであった。ガラス戸が開け放されていたので、店内の女は私を認めて追っかけてきた。

「ちょっと。どうしたのよ。あなた、怒ったの？」

「やあ、おはよう」

「あの晩はすみませんでしたわ。私、のぼせると、わけが分らなくなるのよ。又、飲みにきてちょうだいね」

「今、飲もう」

私はとっさに決意した。ふところに金のあることを考えた。用たしも流せ。金も流せ。自分自身を流すのだ。私はこの女を連れて落ちるところまで堕《お》ちてやろうと思った。私は落付いて飲みはじめた。女は飲まなかった。私は朝食前であったから、酔が全身にまわったが、泥酔はしていなかった。

「泊りに行こうよ」

と私は言った。女は尻込みして、ニヤニヤ笑いながら、かぶりを振った。

「行こうよ。すぐに」

私は当然のことを主張しているように断定的であったが、女の笑い顔は次第に太々《ふてぶて》しく落付いてきた。

「どうかしてるわね。今日は」

「俺は君が好きなんだ」

女の顔にはあらわに苦笑が浮んだ。女は返事をしなかったが、苦笑の中には言葉以上の言葉があった。私は女の顔が世にも汚い、その汚さは不潔という意味が同時にこもった、そしてからだが団子のかたまりを合せたような、それはちょうど足の短い畸型《きけい》の侏儒《こびと》と人間との合の子のように感じられるどう考えても美しくない全部のものを冷静に意識の上に並べなおした。そして、その女に苦笑され、蔑《さげす》まれ、あわれまれている私自身の姿に就て考えた。うぬぼれの強い私の心に、然し、怒りも、反抗もなかった。悔いもなかった。そういう太虚の状態から、人はたぶん色々の自分の心を組み立て得、意志し得る状態であったと思う。私は然し堕ちて行く快感をふと選びそしてそれに身をまかせた。私はこの日の一切の行為のうちで、この瞬間の私が一番作為的であり、卑劣であったと思っている。なぜなら、私の選んだことは、私の意志であるよりも、ひとつの通俗の型であった。私はそれに身をまかせた。そして何か快感の中にいるような亢奮《こうふん》を感じた。

私は卓の下のくぐりをあけて犬のように這入《はい》ろうとした。女は立上って戸を押さえようとしたが、私の行動が早かったので、私はなんなく内側へ這入った。けれども女を押さえようとするうちに、女はもうすりぬけて、あべこべに外側へくぐり出ていた。両方の位置が変って向き直った時には私はさすがにてれかくしに苦笑せずにいられなかった。

「泊りに行こうよ」

と私は笑いながらも、しつこく言いつづけた。

「商売の女のところへ行きな」

と女の笑顔は益々太々しかった。

「昼ひなか、だらしがないね。私はしつこいことはキライさ」

と女は吐きだすように言った。

私の頭には「商売の女のところへ」という言葉が強くからみついていた。この不潔な女すら羞《はずか》しめうる階級が存在するということは私の大いなる意外であった。私はアキを思いだした。その思いつきは私を有頂天にした。アキなら否む筈はない。特別の事情のない限り否む筈は有り得ない。この侏儒と人間の合の子のような畸型な不潔な女にすら羞しめられる女がアキであるということをこの畸型の女も知る筈はなく、もとよりアキも、私以外に誰も知らない。この発見のたのしさは私の情慾をかきたてた。私はもう好色だけのかたまりにすぎなかった。そして畸型の醜女《しこめ》の代りにアキの美貌に思いついた満足で私の好色はふくらみあがり、私は新たな目的のために期待だけが全部であった。

私は改めて酒を飲んだ。女は酒をだし渋ったが、私が別人のように落付いたので、意味が分らぬ様子であった。私はビール瓶に酒をつめさせた。それをぶら下げて、でかけた。

アキは気取り屋であった。金持の有閑マダムであるように言いふらして大学生と遊んでいたが、凡そ貧乏なサラリーマンの女房で、豪奢な着物は一張羅《いっちょうら》だった。その気取りに私は反撥を感じていた。気取りに比べて内容の低さを私は蔑んでいたのである。思いあがっていた。そのくせ常に苛々していた。それはただ肉慾がみたされない為だけのせいであり、常に男をさがしている眼、それが魂の全部であった。

私はアキをよびだして、海岸の温泉旅館へ行った。すべては私の思うように運んだ。私はアキを蔑んでいると言った。そしてこの気取り屋が畸型の醜女にすら羞しめられる女であることを見出した喜びで一ぱいだったと言った。そういう風に一度は考えたに相違ないのは事実であったが、それはただ考えたというだけのことで、私の情慾を豊かにするための絢《あや》であり、私の期待と亢奮はまったく好色がすべてであった。私は人を羞しめ傷けるに堪えうるだけの自分の拠りどころを持たないのだ。吐くツバは必ず自分へ戻ってくる。私は根柢的に弱気で謙虚であった。それは自信のないためであり、他への妥協で、私はそれを卑しんだが、脱けだすことができなかった。

私は然し酔っていた。アキは良人の手前があるので夜の八時ごろ帰ったが、私はチャブ台の上の冷えた徳利の酒をのみ、後姿を追っかけるように、突然、なぜアキを誘ったか、その日の顚末《てんまつ》を喋りはじめた。私はアキの怒った色にも気付かなかった。私は得意であった。そしてアキの帰ったのちに、さらに芸者をよんで、夜更けまで酒をのんだ。そして翌日アパートへ帰ると、胃からドス黒い血を吐いた。五合ぐらいも血を吐いた。

然し、アキの復讐はさらに辛辣《しんらつ》だった。アキは私の女に全てを語った。それはあくどいものだった。肉体の行為、私のしわざの一部始終を一々描写してきかせるのだ。私の女のからだには魅力がないと言ったこと、他の誰よりも魅力がないと言ったこと、すべて女に不快なことは掘りだし拾いあつめて仔細に語ってきかせた。

私は女のねがいは何と悲しいものであろうかと思う。馬鹿げたものであろうかと思う。狂乱状態の怒りがおさまると、女はむしろ二人だけの愛情が深められているように感じているとしか思われないような親しさに戻った。そして女が必死に希っていることは、二人の仲の良さをアキに見せつけてやりたい、ということだった。アキの前で一時間も接吻して、と女は駄々をこねるのだ。

こういう心情がいったい素直なものなのだろうか。私は疑らずにいられなかった。どこかしら、歪められている。どこかしら、不自然があると私は思う。女の本性がこれだけのものなら、女は軽蔑すべき低俗な存在だが、然し、私はそういう風に思うことができないのである。最も素直な、自然に見える心情すらも、時に、歪められているものがある。先ず思え。嫌われながら、共に住むことが自然だろうか。愛なくして、共に住むことが自然だろうか。

私はむかし友達のオデン屋のオヤジを誘ってとある酒場で酒をのんでいた。酒場の女給がある作家の悪口を言った。オデン屋のオヤジは文学青年でその作家とは個人的に親しくその愛顧に対して恩義を感じていた。それで怒って突然立上って女を殴り大騒ぎをやらかしたことがある。義理人情というものは大概この程度に不自然なものだ。殴った当人は当然だと思い、正しいことをしたと思って自慢にしているのだから始末が悪い。彼が恩義を感じていることは彼の個人的なことであり、決して一般的な真実ではない。その特殊なつながりをもたない女が何を言っても、彼の特殊な立場とは本来交渉のないことだ。私は復讐の心情は多くの場合、このオデン屋のオヤジの場合のように、どこか車の心棒が外れているのだと思う。大概は当人自体の何か大事な心棒を歪めたり、外したままで気づかなかったりして、自分の手落の感情の処理まで復讐の情熱に転嫁して甘えているのではないかと思う。

まもなく私と女は東京にいられなくなった。女の良人が刃物をふり廻しはじめたので、逃げださねばならなかったのだ。

私達はある地方の小都市のアパートの一室をかりて、私はとうとう女と同じ一室で暮さねばならなくなっていた。私は然しこれは女のカラクリであったと思う。私と同じ一室に、しかも外の知り人から距《へだた》って、二人だけで住みたいことが女のねがいであったと思う。男が私の住所を突きとめ刃物をふりまわして躍りこむから、と言うのだが、私は多分女のカラクリであろうと始めから察したので、それを私は怖れないと言うのだが、女は無理に私をせきたてて、そして私は知らない町の知らない小さなアパートへ移りすむようになっていた。

私は一応従順であった。その最大の理由は、女と別れる道徳的責任に就て自分を納得させることが出来ないからであった。私は女を愛していなかった。女は私を愛していた。私は「アドルフ」の中の一節だけを奇妙によく思い出した。遊学する子供に父が訓戒するところで「女の必要があったら金で別れることのできる女をつくれ」と言う一節だった。私は、「アドルフ」を読みたいと思った。町に小さな図書館があったが、フランスの本はなかった。岩波文庫の「アドルフ」はまだ出版されていなかった。私は然し図書館へ通った。私自身に考える気力がなかったので、私は私の考えを本の中から探しだしたいと考えた。読みたい本もなく、読みつづける根気もなかった。私は然し根気よく図書館に通った。私は本の目録をくりながら、いつも、こう考えるのだ。俺の心はどこにあるのだろう？　どこか、このへんに、俺の心が、かくされていないのか？　私はとうとう論語も読み、徒然草も読んだ。勿論、いくらも読まないうちに、読みつづける気力を失っていた。

するると皮肉なもので、突然アキが私達をたよって落ちのびてきたのだ。アキは淋病になっていた。それが分ると、男に追いだされてしまったのだ。もっとも、男に新しい女ができたのが実際の理由で、淋病はその女から男へ、男からアキへ伝染したのが本当の径路なのだというのだが、アキ自身、どうでもいいや、という通り、どうでもよかったに相違ない。アキは薄情な女だから友達がない。天地に私の女以外にたよるところはなかった。

私の女が私をこの田舎町へ移した理由は、私をアキから離すことが最大の眼目であったと思う。それは痛烈な思いであったに相違ない。なぜなら、女はその肉体の行為の最大の陶酔のとき、必ず迸《ほとば》しる言葉があった。アキ子にもこんなにしてやったの！　そして目が怒りのために狂っているのだ。それが陶酔の頂点に於ける譫言《うわごと》だった。その陶酔の頂点に於て目が怒りに燃えている。常に変らざる習慣だった。なんということだろう、と私は思う。

この卑小さは何事だろうかと私は思う。これが果して人間というものであろうか。この卑小さは痛烈な真実であるよりも奇怪であり痴呆的だと私は思った。いったい女は私の真実の心を見たらどうするつもりなのだろう？　一人のアキは問題ではない。私はあらゆる女を欲している。女と遊んでいるときに、私は概《おおむ》ねほかの女を目に描いていた。

然し女の魂はさのみ純粋なものではなかった。私はあるとき娼家に宿り淋病をうつされたことがあった。私は女にうつすことを怖れたから正直に白状に及んで、全治するまで遊ぶことを中止すると言ったのだが、女は私の遊蕩をさのみ咎《とが》めないばかりか、うつされてもよいと云って、全治せぬうちに遊ぼうとした。それには理由があったのだ。女の良人は梅毒であり、女の子供は遺伝梅毒であった。夫婦の不和の始まりはそれであったが、女は医療の結果に就て必ずしも自信をもっていなかった。そして彼女の最大の秘密はもしや私に梅毒がうつりはしないかということ、そのために私に嫌われはしないかということだった。そのために女は私とのあいびきの始まりは常に硫黄《いおう》泉へ行くことを主張した。私が淋病になったことは、女の罪悪感を軽減したのだ。女はもはやその最大の秘密によって私に怖れる必要はないと信じることができた。彼女はすすんで淋病のうつることすら欲したのだった。

私はそのような心情をいじらしいとは思わなかった。いじらしさとは、そのようなことではない。むしろ卑劣だと私は思った。私は差引計算や、バランスをとる心掛が好きではない。自分自身を潔《いさぎよ》く投げだして、それ自体の中に救いの路をもとめる以外に正しさはないではないか。それはともかく私自身のたった一つの確信だった。その一つの確信だけはまだそのときも失われずに残っていた。私の女の魂がともかく低俗なものであるのを、私は常に、砂を噛む思いのように、噛みつづけ、然し、私自身がそれ以上の何者でも有り得ぬ悲しさを更に虚しく噛みつづけねばならなかった。正義！　正義！　私の魂には正義がなかった。正義とは何だ！　私にも分らん。正義、正義。私は蒲団をかぶって、ひとすじの涙をぬぐう夜もあった。

私の女はいたわりの心の深い女であるから、よるべないアキの長々の滞在にも表面にさしたる不快も厭やがらせも見せなかった。然し、その復讐は執拗だった。アキの面前で私に特別たわむれた。アキは平然たるものだった。苦笑すらもしなかった。

アキは毎日淋病の病院へ通った。それから汽車に乗って田舎の都市のダンスホールへ男を探しに行った。男は却々《なかなか》見つからなかった。夜更けにむなしく帰ってきて冷めたい寝床へもぐりこむ。病院の医者をダンスホールへ誘ったが、応じないので、病院通いもやめてしまった。医者にふられちゃったわ、とチャラチャラ笑った。その金属質な笑い方は爽やかだったが、夜更にむなしく戻ってきて一人の寝床へもぐりこむ姿には、老婆のような薄汚い疲れがあった。何一つ情慾をそそる色気がなかった。私はむしろ我が目を疑った。一人の寝床へもぐりこむ女の姿というものは、こんなに色気のないものだろうか。蒲団を持ちあげて足からからだをもぐらして行く泥くさい女の姿に、私は思いがけない人の子の宿命の哀れを感じた。

アキの品物は一つ一つ失くなった。私の女からいくらかずつの金を借りてダンスホールへ行くようになった。しかし男は見つからなかった。それでも働く決意はつかないのだ。踊子や女給を軽蔑し、妙な気位をもっており、うぬぼれに憑《つ》かれているのだ。

最後の運だめしと云って、病院の医者を誘惑に行き、すげなく追いかえされて戻ってきた。夕方であった。私が図書館から帰るとき、病院を出てくるアキに会った。私達はそこから神社の境内の樹木の深い公園をぬけてアパートへ帰るのである。公園の中に枝を張った椎の木の巨木があった。

「あの木は男のあれに似てるわね。あんなのがほんとに在ったら、壮大だわね」

アキは例のチャラチャラと笑った。

私はアキが私達の部屋に住むようになり、その孤独な姿を見ているうちに、次第に分りかけてきたように思われる言葉があった。それはエゴイストということだった。アキは着物の着こなしに就て男をだます工夫をこらす。然し、裸になればそれまでなのだ。自分一人の快楽をもとめているだけなのだから、刹那《せつな》的な満足の代りに軽蔑と侮辱を受けるだけで、野合以上の何物でもあり得ない。肉慾の場合に於ても単なるエゴイズムは低俗陳腐なものである。すぐれた娼婦は芸術家の宿命と同じこと、常に自ら満たされてはいけない、又、満たし得る由もない。己れは常に犠牲者にすぎないものだ。

芸術家は――私はそこで思う。人のために生きること。奉仕のために捧げられること。

私は毎日そのことを考えた。

「己れの欲するものをささげることによって、真実の自足に到ること。己れを失うことによって、己れを見出すこと」

私は「無償の行為」という言葉を、考えつづけていたのである。

私は然し、私自身の口によって発せられるその言葉が、単なる虚偽にすぎないことを知っていた。言葉の意味自体は或いは真実であるかも知れない。然し、そのような真実は何物でもない。私の「現身《うつしみ》」にとって、それが私の真実の生活であるか、虚偽の生活であるか、ということだけが全部であった。

虚しい形骸のみの言葉であった。私は自分の虚しさに寒々とする。虚しい言葉のみ追いかけている空虚な自分に飽き飽きする。私はどこへ行くのだろう。この虚しい、ただ浅ましい一つの影は。汽車を見るのが嫌いであった。特別ゴトンゴトンという貨物列車が嫌いであった。線路を見るのは切なかった。目当のない、そして涯《はて》のない、無限につづく私の行路を見るような気がするから。

私は息をひそめ、耳を澄ましていた。女達のめざましい肉欲の陰で。低俗な魂の陰で。エゴイズムの陰で。私がいったい私自身がその外の何物なのであろうか。いずこへ？　いずこへ？　私はすべてが分らなかった。

姦《かしまし》

久生十蘭

いつお帰りになって？　……昨夜？　よかったわ、間にあって……ちょいと咲子さん、昨日、大阪から久能志貴子がやってきたの。しっかりしないと、たいへんよ……ええ、ほんとうの話。あなたを担いでみたって、しようがないじゃありませんか。終戦から六年、その前が四年だから、ちょうど十年ぶり……誰だっておどろくわ。どんなことがあったって、東京へなど出てこられる顔はないはずなのに、そこが志貴子の図々しさよ……木津さん？　心配しているのは、そのことなのよ。なにはともかく、大至急、お耳にいれておくほうがいいと思って、それで……それはもう、あなたさまのおためになることでしたら、いかようにも、相勤めまするでござるだけど、お蔭さまで、今日はくたくた……

ええ、朝の十時ごろ、いきなり築地の「山城」から電話をかけてきたものなの。折入っておねがいしたいことがあるから、どこか静かなところで、一時間ほどお話できないだろうかって。すらっとしたものよ……志貴子の追悼会をやったあと、久能徳《くのとく》が本門寺の書院で、いろいろとお助けいただいたご恩にたいしても、生涯、志貴子は東京へ出しません。

おやじの私がお約束するって、畳に両手を突いておじぎをしたでしょう。あのいきさつを考えたら、かりに東京へ出てきたって、厚顔しく電話なんかかけてこれる義理はないのよ。だいいち、東京へ出てくること自体、あまりひとをバカにした話でしょう。木津さんに回状をまわして、大真面目な顔で年忌までやった、あたしたちの立場、どうなると思っているのかしら……ええ、そうなのよ。木津さんは、ひっこんでいるからいいようなものの、銀座あたりで、二人がひょっこり逢いでもしたら、あんな大嘘をついた手前、木津さんに合わせる顔ないわ。……

あなたはそうでしょうさ。木津さんを釣っておくためなら、どんなことだってするひとなんだから、バレたら、あやまればいいと思っているんでしょうけど、あたしのほうは、悪かったたじゃすまないのよ。そうだろうじゃありませんの。志貴子さん、お亡くなりになったんですってねえって、久能徳のうしろにくっついて、まっさきにお悔みに行ったのは、あたしなんだから罪が深いわ。

もしもし、電話、遠いわね。聞えて？　……逢ったわ。もちろんよ、志貴子なんかの話、きいてやる筋はないわけなんだけど、いい気になって、ほっつき歩かれでもしたら事だから、うんと、とっちめて、昨夜のうちにでも大阪へ追い帰してやるつもりだったの……銀座のボン・トンで。なまじっかな場所だと、かえって目につくから、ざわざわしたところのほうがいいと思ったの。……

　やってきたわ、二十分も遅れて。腹がたって、ひっぱたいてやろうかと思ったくらい……遅くなったともいわず、ずるずるに椅子に掛けて、「お別れしてから、久しゅうなりますのンに、ちょっともお変りになってはれしめへんな」なんて、のんびりしたものなの。おぼえているでしょう。神戸にいるころは、朴とかいうボクサーくずれに入りあげて、耳のうしろの肉が落ちて、栄養失調の子供のようないやな感じだったけど、こんどは身幅《みはば》がついて、人がちがったみたいに水々しくなって、頰の艶なんかバカバカしいくらい。どう見ても、せいぜい三十一、二ってところ……そう、面白くないのよ。「いつか、摩耶《まや》へ遊びに行ったのが最後だったわね。いっこうに音沙汰がないから、こんどこそ、ほんとうに死んだんじゃないかって、咲子さんと噂したこともあったのよ」って露骨にあてつけてやると、「うち、なんべんも長い手紙書きましてんけど、恥かしゅうて、やめましてん。封じ目した手紙が、手箱に何本もでけてますわ」てなぐあいで、全然、手ごたえがないんです。

　面白くないことが、もうひとつあるのよ。当座、見た感じで、たかだか、水通しの本結城と軽く踏んだんですけど、結城はまったくの見そくない……なんというものなのか、粉をふいたような青砥《あおと》色の地に、くすんだ千歳茶《ちとせちゃ》の斜山形が経《たて》つれの疵みたいに浮きあがっているの。袖付や衽《おくみ》の皺が、苔でも置いたようなしっとりした青味《あおみ》の谷《たに》をつくって、いうにいえないいい味わい。……

帯？　帯はね、蝦夷錦の金銀を抜いて、ブツブツの荒地《あれち》にしたあとへ、モガルの色糸で一重蔓小牡丹文《もん》を、いたずらでもしたようにチラホラ散らしたという……お話中……わからないひとねえ、お話中だといってるじゃありませんか。切れたら、つないでください、あなたの仕事でしょう？

もしもし、ふふ、あたし……帯はともかく、着物のほうがわからない。吉野でもなし、千々村《ちぢむら》保多《ほた》織でもなし、あれでもないこれでもないと考えているうちに、いつだったか、千々村がいっていた秋田の蕗《ふき》織なんだと、やっとのことで行きついたというわけ……ほら、昭和十何年かの京都の知恩院の大茶会に、鴻池可《か》律《つ》子がたった一度だけ着たというあれの連れなの。ちょっと死にきれないでしょ。……

それはそうよ、なにかというと、張りあう気でいるひとなんだから、あたしのほうにも、はじめっからツモリはあったの。薄いレモン地に臙脂の細い立縞をよろけさせたお召に、名物裂《めいぶつぎれ》の両面綴《つづれ》の帯……山浦が織元をやめてひっこむ前に、一反だけ織った織留めの秀逸で、フランス代表部のモイーズさんが「無左右」の絶品だって折紙をつけたくらいのものでしょう。これだけひき離しておけば、ぜったい大丈夫と思ったのが、油断だったのよ。

そうなると、ジョーゼットまがいの悪く新しがった薄っぺらなところ、浮きあがったようなレモンの色合のわざとらしさが悲しいほど嫌味で、泣きだしたいくらいになっているのに、志貴子のやつ、わざわざ手で触ってみて、「まァま、これ中村だっか。地入れがようて、サラリとして、ジョーゼットそのままですねんね。それにおみ帯の品《ひん》のいいことというたら。両面錦《りょうめんにしき》みたい、博物館へ行っても見られへんものを見せてもろて、ほんまに眼の保養させてもらいました」なんて、ニヤニヤしているの。あたしの気持、おわかりになる？……ええ、そう。まったく、パンセ・ヴゥ（お察しねがう）ってとこよ。……

泣きだしもしなかったわ、あなたとはちがうから……どうしてやろうと思うと、眼がチラチラして、まわりのものがみな浮きあがってくるみたい。なにがなんでも、このままでは帰されない。骨身にしむほど、ぎゅっという目に逢わしてやろうと思うんだけど、久しく不通だったもんだから、志貴子、どんな生活をしているのか、正体がわからない。苛めようにも方針が立たないってわけ。せめて輪郭だけでもつかまないことには、手も足も出ないから、「この四、五年は一年ぐらいの早さですんでしまったけど、数えてみると、あれから、もう十年になるのね。このごろ、どんな生活なの」と釣りだしにかかると、「うちらに生活みたいなもん、あれしません。ぼやぼやと、一日一日がたっていくだけですねん。でも、東京いうたら、いつ来てみても、なんやしらん、ざわついてますねんなァ。うち、山ン中にひっこんでるせいか、こないしてると、中腰で居立《いた》ってるような気ィして、ちょっとも落着けしませんのン」なんて。……

そうなのよゥ。銀座のような手軽なところへ呼びだされたのが心外だ、という意味でもあるんですけど、要するに、上手にぼやかして尻尾をつかませないの。あたしも、ついムキになって、「あなたは恩知らずよ。あたしたちにあんなに世話になっておきながら、たよりひとつよこさないなんて、あんまりバカにしているじゃないの。今日は、あなたをとっちめに来たんだから、そう思ってちょうだい」とキッパリとやりつけてやると、志貴子は困ったような顔でもするどころか、「あの節は、木津さんのことで、あんじょうお助けをいただきまして、いちどお礼にあがらんならんところでしてんけど、東京方面では、うち、盲腸炎で死んだことになっていて、みなさんに年忌までもしてもろた手前、照れくそうて、手紙みたいもん、書けしません。それに、ひょっとして、木津さんの手ェでも入ったら、それこそ、えらい騒動になって、あなたや咲子さんにご迷惑かける思うて、つつしんでおりましてんわ」まるで恩に着せるようないいかた。「ご殊勝なことだけど、それほど謹《つつし》みのあるひとが、ヒョコヒョコ東京へ出てきて、あたしたちに迷惑をかけるのはどういうことなのかしら。あたしにしろ咲子さんにしろ、騙し役までひきうける義理はなかったんですけど、あんたのお父さまが、わざわざ東京へ出ていらして、木津さんの思召しはありがたいが、先々代からの係《かか》りあいがあって、たとえ久能の店をつぶしても、志貴子をさしあげるわけにはいかない。といって、あれほどご執心では、生仲なことではおひきにはなるまいし、荒《あら》けた話をして喧嘩にしてしまうのも困る。コケの才覚のようでおはずかしいが志貴子が死んだことにでもすれば、いくら木津さんでもおあきらめになるだろう。そのうちに結婚でもなすって気持が落着かれたら、白状して、あらためておわびすることにする。先々代からの係りあいといいましたが、そればかりではないので、親の口からこんなことをいうのは異様なものですが、志貴子みたいな、しょうのない娘をおもらいになったら、これはもう一生の不作です。その辺のところは、くどくどしく申しあげなくとも、ようくおわかりになっていられると思う。木津さんのおためでもあるのだから、ひとつ加勢をしていただきたいって、こういう話だったの。木津さん、どこがよくてあんたみたいなひとに夢中になっているのかわからない。あたしたちは絶対反対で、どんなことがあっても、まとめさせるもんかといっていたところだったもんだから、木津さんに怒られるのを承知で加勢してあげたの。木津さんが結婚したとでもいうならともかく、まだブラブラしているんですから、あんた、東京なんかへ出てこられるわけはないのよ。ひとのことはどうでもいいとして、どこかでひょっくりと出逢いでもしたら、死ぬほど嫌っている木津さんに、またうるさく追いかけまわされることになるでしょう」と、まァ説いてきかせると、志貴子のやつ、含み笑いをして、実は昨夜、木津さんに見つかってしまったらしいというじゃないの。……お話中……お話中ですよ……あたしのおどろきっちゃなかったわ。どきっとして、息がとまったくらい。……

こうなのよ。「昨夜、麻布に用があって行った帰り、一本道の横通りでバッタリと木津さんと顔が合うてしまいましてん。こら、えらいこっちゃ思うて、いきなり駆けだすと、木津さん、どこまで追うて来やはるやありませんの。駆けっこなら自信があるねんけど、木津さん、コンパス長うて、すぐに追いついてしまはりますねん。どないしょうと思いながら、なんたらいうお寺さんの前までゆくと、門脇の潜戸が開いてますのんで、とっつきの、枳殻《からたち》の生垣をまわした墓石のうしろにしゃがんで、息ィついていたら、木津さん、そこへドサドサ入ってきやはって、墓石の向側に棒立ちになって、大目玉むいてギョロギョロしてはるさかい、もうあかんと観念しましてん。入ってくるならこい思うて、平気にかまえてたら、木津さん、生垣の前に立ってはるだけで、いつまでたっても入って来やはれしません。じりじりしてきて、墓石の端のほうからそっと覗いてみると、こないして、手ェ眼にあてながら、ぶつぶついうてはりまんねん。そないな恰好を見せいでも、お前の気持はようわかっている。僕も間ものう、そっちゃへ行くさかいに、うろうろせんで、待っていててくれ……そないいうて、おろおろと泣きはりますねん。ここで笑うたらブチ壊しや思いますねんけど、おかしゅうておかしゅうて、どないにもこらえられへん。思わず笑うてしもうて、はッとしてすくんでいたら、木津さん、眼ェむいて墓石を見てはりましてんけど、なにィ思うたかしらん、いきなり門のほうへ走って行かはりましてん」って。

……

そうでもないのよ、平気な顔……いうことがいいじゃありませんか。あたしが死んだと信じきっている証拠を握ったわけだから、これですっかり気持が落ちついた。もう、ビクビクして隠れていることはない。大っぴらに出歩くつもりだ。木津さんに関するかぎり、あたしのことは心配してくれなくともよろし。……

なァに？　よく聞えないけど……そんなことといわしておく手はないって？　聞えたわ。なんだか、あたしが叱られてるみたいね。あたしに腹をたててみたってしょうがないじゃありませんか……それでね、咲子さん、べつな話なんだけど、あなたにおわびすることがあるの……もしもし、聞いている？　あのね、あたし、木津さんに志貴子を逢わしてやったのよ……ほうら、やっぱり怒ったわね。あなたとしちゃ、木津さんをとるかとりかえされるかというたいへんなところなんでしょうけど、泣き声をだすのはおよしなさいよ、情けなくなるわ……なぜって聞かれても困るんだけど、あたしだって性《しょう》のある生物《いきもの》ですから、腹のたつこともあれば癪にさわることもあるのよ。志貴子ぐらいに、いい気になられて、だまってひっこむわけにはいかないでしょう。一白庵の「名残《なごり》」の茶会へひっぱりだして、逃げ場のないお茶室で、だしぬけに木津さんに逢わせてやろうと思っただけ……なによゥ、そんな大きな声をだして。耳がガンガンするわ……面子《メンツ》はあなただけのことではないでしょう。軽蔑される点でなら、あたしだっておなじことよ……後のこと？　カンカンになっていましたもンですから、後のことまでは考えませんでしたの。すみませんでございます……ふざけてなんかいるもんですか、大まじめよ……なんですって？　そんな生意気なことをいうなら、電話、切ってよ。あんたみたいなバカ、勝手にするがいいわ……

やっぱり聞きたいんでしょう。だから、つまらない強情を張るのはおよしなさいっていうの……そこは腕よ。その気になったら、志貴子ぐらい釣りだすぐらい、ぜんぜんお軽いのよ。「あなたにはかなわないわね。でも、いまの話を聞いて、あたしもなんだかホッとしたわ、木津さんには悪いけど……平気な顔でおし通すつもりなら、どちらのためにもいいかもしれなくってよ。そんなら、いいパァティにご案内するわ。午後、赤坂離宮で使節団の観光茶会があるのよ。元宮様や大公使の集まり……お出になる気はなくって」。……

元宮様のほうは知らないけど、外交官の古手《ふるて》ぐらいは出るらしいから、大公使はまんざら嘘でもないのよ。ただし、志貴子をまごつかせようというのは、それがすんだ後の観楓亭の「跡見《あとみ》」の茶会のほうなの。……

もちろんよ、すぐ乗ってきたわ。「そないなパァティやったら、服は半礼装でっしゃろ。シャールも銀狐ぐらいにせな、恥かくわ」なんて、嚥みこんだようなことをいっているの。茶会をパァティといったのは、洒落のつもりだったんですけど、解釈はむこうさまの自由でしょう。ダンスでもあるつもりで、半礼装かなんかでやってきて、長裾を踏んづけたり、パタパタさせたり、みっともない恰好をして大恥をかくのだろうと思うと、面白くなってしつっこいくらいに誘ってやると、「宮さまいうたかて、このごろは安っぽくなってしもて、汗ェかいてまで、見に行くほどのことはないのンですけど、せっかくですよってに、お伴させてもらいます」。しぶしぶ承知したふうにして、「そのパァティ、何時からやらはるのン」と何気ないようすで聞くのよ。宿へ飛んで帰って、親戚眷族を総動員して、半礼装なるものを探させようという魂胆なんですワ。ええ、もちろんそうなのよ。……

四時に迎えを出すことにして、家へ帰って、こちらはすぐ着付……長襦袢は朱鷺《とき》色縮緬の古代霞のぼかし。単衣は、鶸茶《ひわちゃ》にけまんを浮かせたあの厚手の吉野。帯はコイペルのゴブラン……西洋の香水は慎しんで、沈香の心材《しんざい》に筏を彫った帯留だけにし、それでお出かけ……こちらが先に着いていないとまずいから、約束の時間より早いけど、かまわず迎えに行くと、木津さん、困ったようだったけど、それでもすぐ出てきたわ……ええ、いつもの通り……雨絣の本薩摩に革模様の紺博多、結城の紺足袋というお支度で、白扇をブラブラさせながら車に入ってくると、「お暑いですな。こんじつは、お誘いくだすってありがとう」なんて、ひどくツンツンしているんです。……

なんですって？　聞き捨てにならないことをいうわね。あなたなら、どうされたってうれしいでしょうけど、あたしのほうは、さようなわけにはまいりませんの。そんな扱いをされるおぼえはないんですから、どうしたんだろうと考えていると、すぐアタリがついたわ。ツンツンしているわけじゃないの。なにか、べつなことなの。……

えらい。見ぬいたわ。そうなのよ。昨夜、いまは亡き愛人の仮りの姿に出っくわしたせいで、浮世がはかなくなって、ぼーっとしているところなの。こういう迂闊なひとに、幽霊が足を生やして、半礼装の長裾をパタパタさせながら逃げだすという厳粛な実景を見せて、生悟りに活をいれてやるのは、友情というようなものでしょう……それァ、あたしだって考えないわけはなかろうじゃありませんの。死んだのではなかったと知ったら、また逆上して、志貴子をつけまわすにきまっている。志貴子をあわてさせるのは痛快だけど、木津さんというひとを、手をかけて、わざわざ志貴子のほうへ追いやってしまうようなものだと、妙な気がしないでもなかったけど、乗りかかった舟で、いまさら、あとにひけやしないのよ。外露地《そとろじ》や腰掛だと、顔の合わないうちに消えられるおそれがあるでしょう。ギリギリのところでうまく追いこんでやろうと思って、頭のなかで席入りの段取をこねまわしているうちに、面白くなって笑いだしそうで困ったわ。跡見の茶会で、不時の客のほうが多いくらいだから、そういういたずらをするには、至極、都合がいいの。……五時に席入りの合図があって、ご先客から順に、一人ずつ座敷飾を拝見して帰ってくるの。あと五人ばかりで、こちらの番になるというのに、なかなかあらわれない。感づいて、体をかわしたとも思わないけど、席へ入ってしまうと、手筈がみなだめになってしまうんですから、お尻で円座《えんざ》をもじりながらイライラしていると、あと二人というところで、「えろ遅なってしもて」なんて、すました顔でやって来たのはいいんだけど、半礼装に銀狐などという場ちがいではなくて、あたしとおなじ鶸茶の吉野で、すらりとした着付なんだから、さすがのあたしも、あッといったわ。……

まァ、お聞きなさいよ。デッサンはちがうけど、帯はマァベルのゴブランで、帯留は沈香の花鏡の透彫りというのは、いったいどういうことなんでしょう……へんだわ、どころの話ですか。大いにあやしいのよ。そんなうまい偶然なんて、あり得るはずがない。誰かが、あたしの着付を志貴子に知らせてやったんだとしか思えない。ご先客のなかに、そういうすばしっこいひとがいたと、考えられなくもないけど、仮りに、あの場から電話で知らしてやったとしても、わずかの間に、着物から帯留まで、こちらとそっくりおなじものを揃えるなんて、どんな奇術をつかったって出来るわけのものではないんですから、考えれば考えるほどわけがわからなくなって、ぼんやりしてしまったわ。ひどくやられちゃって、腹をたてる気力もないの。……

ええもう、そこまでおっしゃってくださらなくとも結構よ。おむこうさまは、あたしのようなずんぐりむっくりとちがって、すらりしゃんとしていらっしゃるんですから、おなじ吉野のひき立つことといったら。着手がちがうと、こうまで変るものかと、つくづく見惚れたくらい。……

そうそう、その話ね。かんじんなところを読み落すところだったわ……木津さん？　待合にいたのよ。はっきりと二人の顔が合ったわけ……どうしたって？　これからそこを語ろうというんじゃありませんか……志貴子はドキッとしたらしいけど、そこはバカじゃないから、顔色に出すようなヘマはしない。奥の円座にいる木津さんの顔を、あどけないみたいな眼つきでマジマジと見つめながら、ぼんやりと立っているんだけど、頭のなかは、ひっくりかえるようなさわぎになっているの。待合へ入ったとたんに、こちらの計画を見ぬいてしまったわけなんだから、このところ、志貴子の進退掛引は、よっぽど考慮を要するんですワ……こちらは面白くてたまらない。さっぱりと溜飲をさげて、どう出るだろうと思って高見の見物をしていると、志貴子がいきなりあたしのそばへ来て、わざと木津さんに聞えるような高ッ調子で、「そこにいやはりますのン、木津さんやありませんの」と耳こすりをするじゃありませんか。まさか、そんな出かたをするとは思わない。そこにいるのは、なんといったって木津さんにちがいないんですから、思わず、ええ、そうよ、とうなずいちゃったの。すると志貴子はシナシナしながら木津さんの前へ行って、「木津さんとちがいますか。うち、志貴の妹の志津子ですのン。何年前でしたか知らん、いちど神戸でお目にかかってます」てなことをいって、お辞儀をしたもんです。……

憎らしいでしょうとも。でも、腹をたてるなら、もっと後にしたほうがよくってよ……木津さんのほうも、いっこうに驚かない。白扇を斜《しゃ》にかまえて、「ああ、志津子さん、何年前でしたか、いちどお目にかかりました。引揚船で、上海からお帰りなったことは聞いていましたが、かけちがってお目にもかかれず」なんて、おなじようなことをいって、とめどもなくお辞儀のしあいをしているんですから、阿呆らしいやらバカらしいやら、どっちもどっちだと思って、見ているあたしのほうが悲しくなっちゃったわ。……

ところが、それからがたいへんなの。跡見がすんで、あとは数茶《かずちゃ》になったんですけど、二人だけで、きりもなく点前《たてまえ》を所望しあって纏綿たる情景を見せるもんですから、さすがの一白庵もまいってしまって、「今日は、お粗末で」と皮肉をおっしゃったんだけど、てんで通じないの。庵主が手燭を持って中くぐりまで送って来たのに、二人でなにかいって笑いながら、礼もせずに出て行く始末なんです。……

まったく、なんのこった、よ。放っておくと、二人でどこかへ行ってしまいそうだから、離すわけにはいかないでしょう。おさえつけておいて嘘の皮をひンむいて見せないと、木津さんなんてひとは、どんな化かされかたをするか知れたもんじゃないから、二人に追いついて、「ちょいと志貴子さん」と声をかけると、志貴子のやつ、びっくりしたような顔もしないで、「うち、志津子……まちがわんといとうわ」とすらりと受流したものなの。「あら、ごめんなさい。あまりよく似ていらっしゃるもんだから、錯覚を起こしてしまうのよ」「まあ、お上手やこと。うち、姉はんみたい綺麗なことあれしません。そないにいわれると、きまりわるいよってに、やめとほしわ」「なんとか、おっしゃるわ。それはそうと、このままお別れするのもなんですから、ごいっしょに夕食でもいかが。目黒の松柏園なんだけど、どうかしら」。

志貴子は、はあといったきり、これが、ぜんぜん煮えきりません。「これから、どこかへおまわりになる？」「まわるとこて、あれしませんけど……木津さんどないしはります？」。志貴子が甘ったれたようなことをいうと、木津さんは木津さんで、「それはもう、結構すぎるくらいですが」なんて、ありありと迷惑そうなようすなの。ちょっとお手洗に行っている間に、早いとこ二人で夕食でもする約束ができてしまったわけ。……

そうですとも、いよいよもって放っておけないことになったから、近いところで、むりやり赤坂の陶々亭へひっぱって行って、支那卓の前へおしすえたものなのよ……志貴子に志貴子だと白状させるぐらいのことは、わけはないと思って、軽く踏んでかかったんですけど、てんで、歯がたたないの。いつの間に、そんなところまで話しあったのか、見当がつかないんですけど、れいの年忌のことまで、抜目なく、ちゃんと吹きこんでしまったみたいで、あのときのことをいいだしても、木津さん、笑うばかりで、受けつけようともしないんだから、あたしもがっかりしてしまったわ。やりきれなくなって、昨夜、志貴子が麻布のどことかで木津さんに逢った話をすっぱぬいてやると、志貴子、ぼんやりした顔で、「それ、うちやったかもしれしませんなァ」という挨拶なんです。……

お聞きなさいよ、こういう話なの。「こないいうと、けったいな思われまっしゃろ。うちあけたところをお話しますが、じつは、ふしぎなことがありますの。はっきりした日《ひ》にちはわからしませんが、一年ぐらい前から、うちの身体に、ときたま、けったいな変化が起こるのンですが、そのあいだ、辛《つろ》うて辛《つろ》うて、息もでけへんよになるのンです。変化いうたら、大袈裟か知らんけど、なんちうこともなく、うちの好みが変ってしまうのンです。いままで好きやった着物の色目や柄が、急に見るのんも嫌ァ思うようになったり、口の端《はた》にも寄せられなんだ食べもんが、むしょうに欲しィなったり、顔つきや声まで変ってしもて、べつな人間のようなことをやりだしますねんわ。はじめのうちは、月に一度ぐらいやったのンが、だんだんはげしゅうなって、五日に一度ぐらいの割合ではじまるようになりましたよってに、生国魂はんの巫女はんに見てもらいに行きますと、『あんたには、急な病で死ィとげた、肉親の女のひとがついている。そのひとは、現世で仕残したことがあるのンで、それがあきらめきれんで、あんたの身体に憑《の》りうつって、現世のいとなみをしやはるねん』って……そないにいわれると、思いあたることがあるのんです。ときどき変る、着るもんや食べもんの好みは、そないいえば、みんな姉の好きやったもんで、その何日かの間は、知らず知らず、姉になった気ィで行動していたように思われますねん……そうとわかると、本意《ほい》なう死んだ姉が、気の毒でいとしゅうて、うちなど、どないなってもかめへん、いつまでも離れんといて、思うとおりにうちの身体使《つこ》て、仕残したことをなんなりやったらええ、思うようになりましてん。こんど東京へ出てきたのンも、動いているのンはうちの身体ですが、そないさせるのンは志貴子の意志やよってに、そないなところで、木津さんに逢わせようとした姉の気持が、うちにはよう察しられますねんわ」。

だまっちゃったわね。いうことがあるなら、おっしゃいよ。ここで伺っていますから……ええ、聞えるわ。それもまた、ひとつの意見でしょうが、長い間、だまされていたのは、あたしたちのほうじゃなかったかというような気がするの。邪魔にされていたのは、あたしたちのほうだったらしいって……お二人さん、今日、強羅あたりにおさまっているはずよ。そのことについて、ご相談したいと思いますから、これからすぐ、いらっしゃらない？

葉桜と魔笛

太宰　治

桜が散って、このように葉桜のころになれば、私は、きっと思い出します。――と、その老夫人は物語る。――いまから三十五年まえ、父はその頃まだ存命中でございまして、私の一家、と言いましても、母はその七年まえ私が十三のときに、もう他界なされて、あとは、父と、私と妹と三人きりの家庭でございましたが、父は、私十八、妹十六のときに島根県の日本海に沿った人口二万余りの或るお城下まちに、中学校長として赴任して来て、恰好の借家もなかったので、町はずれの、もうすぐ山に近いところに一つ離れてぽつんと建って在るお寺の、離れ座敷、二部屋拝借して、そこに、ずっと、六年目に松江の中学校に転任になるまで、住んでいました。私が結婚致しましたのは、松江に来てからのことで、二十四の秋でございますから、当時としてはずいぶん遅い結婚でございました。早くから母に死なれ、父は頑固一徹の学者気質で、世俗のことには、とんと、うとく、私がいなくなれば、一家の切りまわしが、まるで駄目になることが、わかっていましたので、私も、それまでにいくらも話があったのでございますが、家を捨ててまで、よそへお嫁に行く気が起らなかったのでございます。せめて、妹さえ丈夫でございましたならば、私も、少し気楽だったのですけれども、妹は、私に似ないで、たいへん美しく、髪も長く、とてもよくできる、可愛い子でございましたが、からだが弱く、その城下まちへ赴任して、二年目の春、私二十、妹十八で、妹は、死にました。そのころの、これは、お話でございます。妹は、もう、よほどまえから、いけなかったのでございます。腎臓結核という、わるい病気でございまして、気のついたときには、両方の腎臓が、もう虫食われてしまっていたのだそうで、医者も、百日以内、とはっきり父に言いました。どうにも、手のほどこし様が無いのだそうでございます。ひとつき経ち、ふたつき経って、そろそろ百日目がちかくなって来ても、私たちはだまって見ていなければいけません。妹は、何も知らず、割に元気で、終日寝床に寝たきりなのでございますが、それでも、陽気に歌をうたったり、冗談言ったり、私に甘えたり、これがもう三、四十日経つと、死んでゆくのだ、はっきり、それにきまっているのだ、と思うと、胸が一ぱいになり、総身を縫針で突き刺されるように苦しく、私は、気が狂うようになってしまいます。三月、四月、五月、そうです。五月のなかば、私は、あの日を忘れません。

野も山も新緑で、はだかになってしまいたいほど温かく、私には、新緑がまぶしく、眼にちかちか痛くって、ひとり、いろいろ考えごとをしながら帯の間に片手をそっと差しいれ、うなだれて野道を歩き、考えること、考えること、みんな苦しいことばかりで息ができなくなるくらい、私は、身悶えしながら歩きました。どおん、どおん、と春の土の底から、まるで十万億土から響いて来るように、幽かな、けれども、おそろしく幅のひろい、まるで地獄の底で大きな大きな太鼓でも打ち鳴らしているような、おどろおどろした物音が、絶え間なく響いて来て、私には、その恐ろしい物音が、なんであるか、わからず、ほんとうにもう自分が狂ってしまったのではないか、と思い、そのまま、からだが凝結して立ちすくみ、突然わあっ！　と大声が出て、立って居られずぺたんと草原に坐って、思い切って泣いてしまいました。

あとで知ったことでございますが、あの恐ろしい不思議な物音は、日本海大海戦、軍艦の大砲の音だったのでございます。東郷提督の命令一下で、露国のバルチック艦隊を一挙に撃滅なさるための、大激戦の最中だったのでございます。ちょうど、そのころでございますものね。海軍記念日は、ことしも、また、そろそろやってまいります。あの海岸の城下まちにも、大砲の音が、おどろおどろ聞えて来て、まちの人たちも、生きたそらが無かったのでございましょうが、私は、そんなこととは知らず、ただもう妹のことで一ぱいで、半気違いの有様だったので、何か不吉な地獄の太鼓のような気がして、ながいこと草原で、顔もあげずに泣きつづけて居りました。日が暮れかけて来たころ、私はやっと立ちあがって死んだように、ぼんやりなってお寺へ帰ってまいりました。

「ねえさん」と妹が呼んでおります。妹も、そのころは、痩せ衰えて、ちから無く、自分でも、うすうす、もうそんなに永くないことを知って来ている様子で、以前のように、あまり何かと私に無理難題いいつけて甘ったれるようなことが、なくなってしまって、私には、それがまた一そうつらいのでございます。

「ねえさん、この手紙、いつ来たの？」

私は、はっと、むねを突かれ、顔の血の気が無くなったのを自分ではっきり意識いたしました。

「いつ来たの？」妹は、無心のようでございます。私は、気を取り直して、

「ついさっき。あなたの眠っていらっしゃる間に。あなた、笑いながら眠っていたわ。あたし、こっそりあなたの枕もとに置いといたの。知らなかったでしょう？」

「ああ、知らなかった」。妹は、夕闇の迫った薄暗い部屋の中で、白く美しく笑って、「ねえさん、あたし、この手紙読んだの。おかしいわ。あたしの知らないひとなのよ」。

知らないことがあるものか。私は、その手紙の差出人のM・Tという男のひとを知っております。ちゃんと知っていたのでございます。いいえ、お逢いしたことは無いのでございますが、私が、その五、六日まえ、妹の箪笥をそっと整理して、その折に、ひとつの引

き出しの奥底に、一束の手紙が、緑のリボンできっちり結ばれて隠されて在るのを発見いたし、いけないことでしょうけれども、リボンをほどいて、見てしまったのでございます。およそ三十通ほどの手紙、全部がそのM・Tさんからのお手紙だったのでございます。もっとも手紙のおもてには、M・Tさんのお名前は書かれておりませぬ。手紙の中にちゃんと書かれてあるのでございます。そうして、手紙のおもてには、差出人としていろいろの女のひとの名前が記されてあって、それがみんな、実在の、妹のお友達のお名前でございましたので、私も父も、こんなにどっさり男のひとと文通しているなど、夢にも気附かなかったのでございます。

きっと、そのM・Tという人は、用心深く、妹からお友達の名前をたくさん聞いて置いて、つぎつぎとその数ある名前を用いて手紙を寄こしていたのでございましょう。私は、それにきめてしまって、若い人たちの大胆さに、ひそかに舌を巻き、あの厳格な父に知れたら、どんなことになるだろう、と身震いするほどおそろしく、けれども、一通ずつ日附にしたがって読んでゆくにつれて、私まで、なんだか楽しく浮き浮きして来て、ときどきはあまりの他愛なさに、ひとりでくすくす笑ってしまって、おしまいには自分自身にさえ、広い大きな世界がひらけて来るような気がいたしました。

私も、まだそのころは二十になったばかりで、若い女としての口には言えぬ苦しみも、いろいろあったのでございます。三十通あまりの、その手紙を、まるで谷川が流れ走るような感じで、ぐんぐん読んでいって、去年の秋の、最後の一通の手紙を、読みかけて、思わず立ちあがってしまいました。雷電に打たれたときの気持って、あんなものかも知れませぬ。のけぞるほどに、ぎょっと致しました。妹たちの恋愛は、心だけのものではなかったのです。もっと醜くすすんでいたのでございます。私は、手紙を焼きました。一通のこらず焼きました。M・Tは、その城下まちに住む、まずしい歌人の様子で、卑怯なことには妹の病気を知るとともに、妹を捨て、もうお互い忘れてしまいましょう、など残酷なことと平気でその手紙にも書いてあり、それっきり、一通の手紙も寄こさないらしい具合でございましたから、これは、私さえ黙って一生ひとに語らなければ、妹は、きれいな少女のままで死んでゆける。誰も、ごぞんじ無いのだ、と私は苦しさを胸一つにおさめて、けれども、その事実を知ってしまってからは、なおのこと妹が可哀そうで、いろいろ奇怪な空想も浮んで、私自身、胸がうずくような、甘酸っぱい、それは、いやな切ない思いで、あのような苦しみは、年ごろの女のひとでなければ、わからない、生地獄《いきじごく》でございます。まるで、私が自身で、そんな憂き目に逢ったかのように、私は、ひとりで苦しんでおりました。あのころは、私自身も、ほんとに、少し、おかしかったのでございます。

「姉さん、読んでごらんなさい。なんのことやら、あたしには、ちっともわからない」

私は、妹の不正直をしんから憎く思いました。

「読んでいいの？」そう小声で尋ねて、妹から手紙を受け取る私の指先は、当惑するほど震えていました。ひらいて読むまでもなく、私は、この手紙の文句を知っております。けれども私は、何くわぬ顔してそれを読まなければいけません。手紙には、こう書かれてあるのです。私は、手紙をろくろく見ずに、声立てて読みました。

——きょうは、あなたにおわびを申し上げます。僕がきょうまで、がまんしてあなたにお手紙差し上げなかったわけは、すべて僕の自信の無さからであります。僕は、貧しく、無能であります。あなたひとりを、どうしてあげることもできないのです。ただ言葉で、その言葉には、みじんも嘘が無いのでありますが、ただ言葉で、あなたへの愛の証明をするよりほかには、何ひとつできぬ僕自身の無力が、いやになったのです。あなたを、一日も、いや夢にさえ、忘れたことはないのです。けれども、僕は、あなたを、どうしてあげることもできない。それが、つらさに、僕は、あなたと、おわかれしようと思ったのです。あなたの不幸が大きくなればなるほど、そうして僕の愛情が深くなればなるほど、僕はあなたに近づきにくくなるのです。おわかりでしょうか。僕は、決して、ごまかしを言っているのではありません。僕は、それを僕自身の正義の責任感からと解していました。けれども、それは、僕のまちがい。僕は、はっきり間違って居りました。おわびを申し上げます。僕は、あなたに対して完璧の人間になろうと、我慾を張っていただけのことだったのです。僕たち、さびしく無力なのだから、他になんにもできないのだから、せめて言葉だけでも誠実こめてお贈りするのが、まことの、謙譲の美しい生きかたである、と僕はいまでは信じています。つねに、自身にできる限りの範囲で、それを為し遂げるように努力すべきだと思います。どんなに小さいことでもよい。タンポポの花一輪の贈りものでも、決して恥じずに差し出すのが、最も勇気ある、男らしい態度であると信じます。僕は、もう逃げません。僕は、あなたを愛しています。毎日、毎日、歌をつくってお送りします。それから、毎日、毎日、あなたのお庭の塀のそとで、口笛吹いて、お聞かせしましょう。あしたの晩の六時には、さっそく口笛、軍艦マアチ吹いてあげます。僕の口笛は、うまいですよ。いまのところ、それだけが、僕の力で、わけなくできる奉仕です。お笑いになっては、いけません。いや、お笑いになって下さい。元気でいて下さい。神さまは、きっとどこかで見ています。僕は、それを信じています。あなたも、僕も、ともに神の寵児です。きっと、美しい結婚できます。

待ち待ちて　ことし咲きけり　桃の花　白と聞きつつ　花は紅なり

僕は勉強しています。すべては、うまくいっています。では、また、明日。M・T。

「姉さん、あたし知っているのよ」。妹は、澄んだ声でそう呟き、「ありがとう、姉さん、これ、姉さんが書いたのね」。

私は、あまりの恥ずかしさに、その手紙、千々に引き裂いて、自分の髪をくしゃくしゃ引き捲ってしまいたく思いました。いても立ってもおられぬ、とはあんな思いを指して言うのでしょう。私が書いたのだ。妹の苦しみを見かねて、私が、これから毎日M・Tの筆蹟を真似て、妹の死ぬる日まで、手紙を書き、下手な和歌を、苦心してつくり、それから晩六時には、こっそり塀の外へ出て、口笛吹こうと思っていたのです。

恥ずかしかった。下手な歌みたいなものまで書いて、恥ずかしゅうございました。身も世も、あらぬ思いで、私は、すぐには返事も、できませんでした。

「姉さん、心配なさらなくても、いいのよ」。妹は、不思議に落ちついて、崇高なくらいに美しく微笑していました。「姉さん、あの緑のリボンで結んであった手紙を見たのでしょう? あれは、ウソ。あたし、あんまり淋しいから、おととしの秋から、ひとりであんな手紙書いて、あたしに宛てて投函していたの。姉さん、ばかにしないでね。青春というものは、ずいぶん大事なものなのよ。あたし、病気になってから、それが、はっきりわかって来たの。ひとりで、自分あての手紙なんか書いてるなんて、汚い。あさましい。ばかだ。あたしは、ほんとうに男のかたと、大胆に遊べば、よかった。あたしのからだを、しっかり抱いてもらいたかった。姉さん、あたしは今までいちども、恋人どころか、よその男のかたと話してみたこともなかった。姉さんだって、そうなのね。姉さん、あたしたち間違っていた。お利巧すぎた。ああ、死ぬなんて、いやだ。あたしの手が、指先が、髪が、可哀そう。死ぬなんて、いやだ。いやだ」。

私は、かなしいやら、こわいやら、うれしいやら、はずかしいやら、胸が一ぱいになり、わからなくなってしまいまして、妹の痩せた頰に、私の頰をぴったり押しつけ、ただもう涙が出て来て、そっと妹を抱いてあげました。そのとき、ああ、聞えるのです。低く幽かに、でも、たしかに、軍艦マーチの口笛でございます。妹も、耳をすましました。ああ、時計を見ると六時なのです。私たち、言い知れぬ恐怖に、強く強く抱き合ったまま、身じろぎもせず、そのお庭の葉桜の奥から聞えて来る不思議なマーチに耳をすまして居りました。

神さまは、在る。きっと、いる。私は、それを信じました。妹は、それから三日目に死にました。医者は、首をかしげておりました。あまりに静かに、早く息をひきとったからでございましょう。けれども、私は、そのとき驚かなかった。何もかも神さまの、おぼしめしと信じていました。

いまは、――年とって、もろもろの物慾が出て来て、お恥ずかしゅうございます。信仰とやらも少し薄らいでまいったのでございましょうか、あの口笛も、ひょっとしたら、父の仕業《しわざ》ではなかったろうかと、なんだかそんな疑いを持つこともございます。学校のおつとめからお帰りになって、隣りのお部屋で、私たちの話を立聞きして、ふびんに思い、厳酷の父としては一世一代の狂言したのではなかろうか、と思うことも、ございますが、まさかそんなこともないでしょうね。父が在世中ならば、問いただすこともできるのですが、父がなくなって、もう、かれこれ十五年にもなりますものね。いや、やっぱり神さまのお恵みでございましょう。

私は、そう信じて安心しておりたいのでございますけれども、どうも、年とって来ると、物慾が起り、信仰も薄らいでまいって、いけないと存じます。

解　説

長山靖生

文豪と女――とタイトルを書いていたら、どこからか「『女の人』とおっしゃい」という声が聞こえて来た。そんな気がした。坂口安吾がある談話で「女」という言葉を使った際、矢田津世子からそう咎められたのである。安吾はヘドモドして、悔し紛れに津世子の通俗性、イヤらしい教養主義をあげつらって、反論にならない反論をした。でもそれは一種のじゃれ合いであり、本心はデレデレしていたのである。津世子の側がどう解したかは分からないが、安吾の気持ちはそうだったろう。あえて「人」といわずとも、もとより女も男も人なのであり、重語は不要だとも思う。でも室生犀星は、きちんと「女の人」と言っていたそうだ。そんなところにも男と女の機微がある。

女は男にも増して、年齢によってそのありようを変化させるのが常だった。だから本書では、作品が書かれた時代を考慮しつつ、概ね女性の成長を追う形で作品を配列した。彼女らは妖精のように無垢な少女から思春期へ、さらに恋愛や結婚へと進んでいく。その過程で内奥の悩みや痛ましい体験、銃後の守り、男性遍歴や心のすさみなどをも味わいつつ、社会的自覚、知的自立、優しい妻、たくましい母……といった時代や諸相を経て、晩年に至る。作品が書かれた時代には約百年の幅があるけれども、ここにあるのは近代日本の「女の一生」だ。

それでは男の方はどうだろう。時代や年齢に沿って、女を見る男の側は成長したのか。ちょっと文豪たちの女性関係や女性を魅力的に描いた他の作品なども眺めながら、その女性観をみてみたい。

森鷗外（一八六二～一九二二）が小説中に描いた女性といえば、まず思い出されるのは「舞姫」のエリスであり、『雁』のお玉だろう。祖国への貢献を期待される日本人留学生とドイツ人少女の恋、金で縛られている薄幸の女性と学業途上の身である学生。いずれも真剣だからといって、成就にはあまりに困難の多い恋だった。これら薄幸の女たちに対して、『青年』に出て来る未亡人・坂井れい子は、外国文学にも通じた教養ある女性だが、それだけに気位高く、男を誘うような拒むような蠱惑的態度もとる。そんな彼女を鷗外は批判的に描いたが、男に従属しない自儘な女として現代では肯定的に読み得る存在かもしれない。

「舞姫」のモデルは、鷗外自身がドイツ留学中に出会って恋仲となったドイツ人女性エリーゼ・ヴィーゲルトだった。一時は結婚を意識したようだが、それがどのくらい現実味を持っての決断だったかは不明だ。けっきょくそれは、うたかたの夢物語だった。鷗外は陸軍軍医として、官命によりドイツに留学していたが、陸軍武官結婚条例によって結婚には軍の許可が必要だったし、当時の日本陸軍の通念は、とても国際結婚を受け入れる雰囲気になかった。また帰国してみると、森家と同郷の先輩で恩義ある西周の計らいで、海軍中将・赤松則良男爵の娘登志子との縁談が持ち上がっていた。赤松は西周と共に留学したこともある技術系の武官で、この縁談は軍医・官僚としての鷗外の将来を考えれば、とても望ましいものと周囲は考えていた。そうしたこともあって、帰国した鷗外はエリーゼとの結婚を早々に断念したと思われるが、それを知らないエリーゼが来日したため、鷗外の弟の森篤次郎や妹の夫である小金井良精、親友の賀古鶴所らが交渉して彼女を帰国させた。エリーゼの生涯は「舞姫」のエリスほど悲惨ではなかったが、「舞姫」において男の仕打ちを現実以上にひどいものとして描いたのは、鷗外の贖罪意識のあらわれかもしれない。

鷗外は赤松登志子と結婚し、長男・於菟を得たものの、男爵家から嫁いだ登志子と倹約家である鷗外の母の折り合いが悪く、また鷗外も理屈屋の登志子に圧迫を感じて時に不満を爆発させ、離婚に至っている（ただし彼女の頭の良さには一目置いており、於菟が数学が得意だと知ると「赤松の血だ」と述べていた。鷗外自身は語学が得意な反面、数学はそれ程でなかった）。その後、鷗外はしばらく独身だったが、登志子が亡くなった後、母の勧めで荒木志げ（しげ、重、重子とも表記）と再婚した。鷗外の老母は「息子に似合う美人の嫁を」と探し、実際、志げは美人で鷗外も「美術品らしき妻」と述べているが、すぐに母との間に深刻な嫁姑対立が出来し、長く悩まされることになる。志げは鷗外とのあいだに茉莉、不律（夭折）、杏奴、類をもうけたが、彼らはいずれも後に文筆家となっている。志げ自身も「青鞜」の賛助会員となり、小説も書いた女性だ。

鷗外の女性に対する態度には、前近代的感情と近代的知識という矛盾する要素が奇妙に入り混じって併存していた。鷗外は女性の美しさを賞賛し、手放しで愛でるかと思うと、啓蒙家らしく教育しようとも試みる。だが女性が理知的に自立し自己主張をしようとすると、文壇や学界での論争でしばしば見せたような苛烈さで論駁したりもした。それでいて非理論的なヒステリーには、ひたすら御機嫌取りで対応した。鷗外は二度の結婚のほか、外に女がいたことが知られている。明治の高官にはありがちのことだが、けっきょく家庭生活や女性問題では、前近代的な因習のほうが強く身に染みついていたといえようか。

「杯」は「中央公論」明治四三年一月号に発表した作品だが、ここではまだ男女のことがらに関わらない少女たちの無垢な様子を描いている。泉に集って鉱泉水を飲む少女たちには妖精的な清らかさがある。

田山花袋（一八七二〜一九三〇）は、真実を淡々と描写する「赤裸々な描写」を心がけ、その「蒲団」や『田舎教師』は自然主義文学の代表作とされる。「蒲団」の主人公は妻子ある中年作家で、女性の内弟子に次第に劣情を抱くようになる。しかし彼女にはもともと恋人がおり、鬱屈した思いを抱えて煩悶する。この作品は真実告白の懺悔録として読まれた感があるが、女弟子やその恋人のモデルである岡田美知代や永代静雄の側からみると、巧妙な詭弁や事実の歪曲もあった。これもまた主観の位置によって事実の見え方が全く違ってくる一例だろうか。

「少女病」は「太陽」明治四〇年六月号に発表された作品。急速に都市化が進み、名も知らない他人を電車などで身近に眺めるようになった時代状況を背景に、若い女性に執着心を抱き、時にはストーカーまがいの行動すらしてしまう中年作家の心理を描いている。作品と作家の実人生は単純に同一視することは慎むべきだが、田山花袋には実人生でも若い女に恋着して女弟子の実家から抗議されたり、彼女と相思相愛の恋人と悶着を起こすなどの事件を起こしている。その経緯をやや歪曲して描いたのが「蒲団」だが、「少女病」には「蒲団」にも通じる未成年女性への嗜好が描かれている。

一方、**立原道造**（一九一四〜一九三九）の「白紙」（「こかげ」第三号、昭和七年九月）も恋の対象は少女ながら、思いを寄せているのも同年代の少年である。ここに描かれているのは、可憐でありながらいたたまれないようなぎこちない恋の駆け引き、あるいは恋に恋する思春期の戸惑いといった微妙な心情であり、それが立原らしい清冽で繊細な筆致で描かれている。

立原道造は詩人だが、東京、両国の三中から一高を経て東京帝国大学建築学科に進み、建築家としても将来を嘱望された存在だった。理知的なだけでなく、長身痩軀の美青年でもあった。立原は堀辰雄に師事したが、はじめて訪問を受けた際、堀はその知的で清々しい姿に、師の芥川龍之介が若返って戻って来たかのような感慨を覚えて驚愕したという。リリックなソネットの数々で知られる立原は、蒲柳の質であり、恋に憧れ、彼を好ましく思う女性も複数いたのに、清らかなまま死んだといわれている。恋人と呼んでいい相手がいても何事もなかったのは、医師から宣告を受ける前から、自分が結核であることに薄々気づいており、恋人への感染を畏れたためかもしれない。立原の、自分から恋を遠ざけるかのような臆病さには、そんな悲しい配慮も感じられる。

永井荷風（一八七九〜一九五九）の「庭の夜露」は原題「隣の座敷」として「活文壇」（三巻二号、明治三三年一二月）に発表されたが、後に改稿のうえ「庭の夜露」と改題し、「文章世界」の定期増刊号「月と霧」（明治三六年一〇月発行）に掲げられた。

友達の婚礼の日が間近となったある日の、若い女性の心の内を描いた作品。当人は既に婿養子を迎えているが、明治三〇年頃の商家のことなので、おそらくまだ一〇代だろう。良家の子女であってみれば、男女のことなどは芝居のなかでみるほかは窺い知らないのではあるが、それだからこそ恋に恋する気持ちもあり、また日常のなかに心の泡立ちを感じないこともない。そんな危うさも秘めた作品で、古風なようでいてあんがい大胆でもある女心への迫り方は、さすがは荷風らしい。

永井荷風の女性遍歴についてはいちいちあげない。その遊興は芸者から女給、私娼、戦後はストリップ・ダンサーにまで及んだ。その一方で自身の生活スタイルへのこだわりから、女とのかかわりに独自の一線を引くようなところもあった。

エリート官僚だった父は、長男である荷風にも世間的な成功につながる学業を求めたが、それに馴染めず、一〇代で病気休学したこともあって和漢の伝奇小説や江戸戯作文芸に親しみ、遊興の道へと関心が向かっていった。明治三一年に広津柳浪に入門し、しだいに習作を発表するようになり、明治三五年から翌年にかけては『野心』『地獄の花』『夢の女』『女優ナナ』などを発表、文壇の注目を集めた。「庭の夜露」は習作時代に一度発表され、文芸手法に確かなものを得た後、改稿されたといえるだろう。その後、荷風は父の意向により実業を学ぶためとして明治三六年に渡米、フランスを回って明治四一年に帰国。しかし実業界には入らず、欧米で身に付けた自由主義、個人主義を貫いて文学と遊芸に邁進することになる。そんな荷風の、「庭の夜露」は作中の若妻のように、初々しく可憐さのある作品だ。

山川方夫（一九三〇〜一九六五）の「昼の花火」（「三田文学」昭和二八年三月号）に登場する女性は女子大の四年生とあるので、すでに二〇代ではあるけれども、「庭の夜露」の若妻とは違って未婚である。昭和二七、八年頃に大学四年ということは昭和一桁生まれであり、戦中に初等教育を受け、女学校に入った頃に終戦という年回りになるだろうか。社会の価値観が百八十度変わり、教科書に墨を塗り、教壇に立って「討つべし、鬼畜米英」と演説していた教師が、その同じ口で民主主義讃歌を唱えるのを聞いた世代である。工場動員や食糧難や闇市を経験し、それでも戦後民主主義に胸躍らせたひとりであろうか。ちなみに山川自身も昭和一桁生まれで、昭和二七年に慶應義塾大学仏文科を卒業、二八年に田久保英夫らと第三次「三田文学」を創刊、いわば作中人物と同年配だった。

「昼の花火」の男女は共にまだ若く、知的ではあるけれども実生活に関しては何の自信も実績も持たない同士で、ぎこちなくも切ない関係にある。戦後は憲法も民法も変わり、成人男女の結婚は当人の自由意思に基づいて決められることとなっていた。だから結婚を決めた男が先方の父親に頭を下げて「お嬢さんを僕に下さい」と挨拶するのは、今は一種の儀式にすぎず、若い世代では省略されることすらある。だが、戦前は文字通り娘をやるかどうかは家長である父親の権限であり、親に拒まれたら結婚できなかった。つまり結婚は親が決めるものだったのである。制度は変わっても人の気持ちは急には変わらないもので、昭和四〇年代頃までは、親の同意なく結婚するというのは、良識的な家では考えられなかった。だから事実上は結婚でも、入籍しない「同棲」という現象には、婚姻制度への批判だけでなく、親への遠慮の側面もあった。

ところで「昼の花火」の男女の耳に、花火の破裂音はどう響いていたのだろう。昭和一桁生まれだった私の父は、作中人物たちと同世代だが、打ち上げ花火の音が嫌いだった。少年時代に遭遇した艦砲射撃の砲音を思い出すからだという。サイレンと爆音。「昼の花火」には、戦後の青春の底にある戦争のトラウマを刺激する哀しい音が秘められている。

中島敦（一九〇九～一九四二）といえば、「山月記」や「李陵」、あるいは「名人伝」など、唐土の古典に材を取った完成度の高い短編で知られるが、ここに挙げた作品は少し毛色が変わった現代小説である。「下田の女」は第一高等学校の「校友会雑誌」三一三号（昭和二年一一月）に発表された作品で、中島がまだ高等学校の学生だった時代の若書きだが、完成度の高さに驚かされる。

この四年前に、川端康成は「伊豆の踊子」を発表していたが、その主人公も旧制高等学校の学生だった。「下田の女」は、いわば中島版「伊豆の踊子」なのだ。だが「伊豆の踊子」が旅役者に属する踊り子とはいえまだあどけなさの残る少女で清らかなのに対して、「下田の女」は学生よりもだいぶ世知に長けている。その気になれば、それなりの手練手管を備えているのだろうし、もしかしたら学生に見せたのも本当の姿ではなかったのかもしれない。とはいえ、年齢はあんがい学生と違わない程度なのではないだろうか。当時の庶民、特に女性は上級学校に進学する者は少なかった。「下田の女」のような境遇の場合、尋常小学校出と考えるのがふつうだろう。その場合、旧制中学校で五年学んだ後、高等学校に進んだ青年に比べ、すでにだいぶ長く実社会に出ていることになる。あるいは「伊豆の踊子」だって、数年したら「下田の女」になっているかもしれない。作中話として女が語った二人の自分とは、そのような者なのかもしれない。それでも女のなかには依然として純情があり、それが学生側の気持ち以上に切ない。

泉鏡花（一八七三～一九三九）の作品世界を指して、中島敦は日本文学の「情緒の名所」と称賛したが、特に女性美の表現において、鏡花はとても優れていた。『高野聖』や『龍潭譚』『天守物語』など、魔性を備えた妖艶な女を描いた作品は、今も名高い。とはいえ鏡花自身の女性の理想は、あくまで清らかで慎ましく、そして強さや包容力も備えた「母」にあったように思う。「化鳥」や『草迷宮』は同じく女性美幻想を描きながら、「母」なるものである故か、温順な雅量を漂わせている。

そうした嫋やかな作風で知られる鏡花だが、初期には「金時計」や「大和心」など、西洋人の日本人蔑視を糾弾するような作品も書いていた。また日清戦争に関連しては、「予備兵」や「海城発電」のように、戦時下の高揚で愛国心と称して暴虐なふるまいに及ぶ者らと、思慮深く清廉な真の愛国者の違いを描く怜悧さも持ち合わせていた。

「雪の翼」は「女学世界」明治三八年二月号に発表された作品。日露戦争が二年目となった時期で、出征兵士の不在を守る若妻の心が細やかに描かれている。

夏目漱石（一八六七〜一九一六）が残した文章は、小説はもちろん、随筆や日記や手紙に至るまで「小説」がしっかりと書き込まれている。作り話を書いているという意味ではない。対象をしっかり見据え、自分自身の関心のあり所をはっきりと自覚しているから、何を書いても漫然とではなく、意味が込められているのだ。

ここに引いた女の話は、「硝子戸の中」（「東京朝日新聞」大正四年一月一三日〜二月二三日）からの一部抜粋である。当該箇所は「硝子戸の中」の六、七、八回で、それぞれ大正四年一月の一八日、一九日、二〇日に掲載された。女と約束した通り、漱石は彼女から聞いた話を小説にすることはなく、ただ訪問のことだけを記した。彼女が抱いている悲痛で美しい記憶が何であったのかは、とても気がかりだが、たまたま訪ねて来た女とのあいだに距離を保ちながらも、しっかりとその気持ちを支えようとする漱石の温かさが心に沁みる。

谷崎潤一郎（一八八六～一九六五）は泉鏡花や永井荷風とならんで、女性を描くことに並々ならぬ情熱を注ぎ、数多くの名作を残した作家だ。特徴的なのは、谷崎が描く女性像は時期によってある変遷が見られた点である。

基本的に男の側に被虐願望がある設定が多く、加虐的な女が描かれるが「刺青」などの初期作品では、概ね男の側がイニシアティブを握っていた。それが「富美子の足」の頃から女性の足に対するフェティシズムがいっそう露骨になり、奔放な女性に男が振り回される類の作品が主流となった。その後、日本の古典文学や邦楽への関心が深まるにつれて教養豊かな女性とそれに仕える男といった組み合わせの「春琴抄」、大阪船場の旧家出身の四姉妹を描いた『細雪』などを経て、戦後は老人の性の問題を扱う……といったように、谷崎自身の実生活や女性遍歴が色濃く影響された名作を生み続けた。

「青い花」は「改造」大正一一年三月号に発表した作品で、大正八年の「富美子の足」と大正一三年に書かれることになる『痴人の愛』のあいだにあって、後者の先駆をなしている作品だ。物欲が強く、奔放に男を翻弄する阿具里には、義妹せい子の姿が投影されているだろう。

谷崎は大正四年に石川千代と結婚したが、彼女は美女だったものの大人しい性格で、それが谷崎には物足りなく、間もなく失望を感じるようになった。一方、妹のせい子は日本人離れした美貌の持ち主で、性格も積極的であり、『痴人の愛』のナオミのモデルとして知られる。同作中、ナオミはサイレント時代のハリウッド女優で「アメリカの恋人」と謳われたメアリー・ピックフォードに似ていると頻りに強調されていた。

大正十年前後、活動写真は大衆娯楽としてだけでなく、新たな芸術表現として注目されるようになり、直木三十五や横光利一、川端康成ら多くの作家が、その可能性に惹かれて映画界と積極的にかかわりを持った。谷崎もそんな一人で、大正九年に創設された大正活映株式会社の脚本部顧問となっている。そして同社の設立第一作となる「アマチュア倶楽部」にオリジナルシナリオを提供すると同時に、せい子を葉山三千子の芸名で女優デビューさせている。彼女は同じく谷崎が関わった「雛祭の夜」にも出演したが、演劇に関しては素人なので、芸は未熟であり、撮影所での我儘なふるまいもあって、谷崎が活動写真の仕事から手を引くと、彼女も銀幕から姿を消した。男性関係は以前から奔放だったが、この頃は今東光や岡田時彦から言い寄られていると吹聴するなど、エキセントリックな振舞いも目立った。一方、すでに心が離れていた妻の千代を、谷崎は娘共々実家に預けていたが、そうした境遇に同情した佐藤春夫は、相談に乗っているうちにしだいに彼女に恋心を抱いていくことになった。佐藤は自分の辛い気持ちを谷崎に伝え、谷崎は一度は妻を譲ると約束したものの、前言を翻したために佐藤と一時絶交する事態ともなる。大正一〇年のことで「小田原事件」と呼ばれる出来事だ。こうした実生活上の苦悩や惑乱が、「青い花」には重く流れ込んでいる。

芥川龍之介（一八九二〜一九二七）の「なぜソロモンはシバの女王とたった一度しか会わなかったか？」は大正一二年四月一日付で発表された「三つのなぜ」（「サンデー毎日」同年第三二号（春季特別号））のなかの一篇。ソロモン王とシバの女王の邂逅は『旧約聖書』中の出来事だが、芥川がこれを書いた背景には、歌人で翻訳家の片山廣子（翻訳などでの筆名は松村みね子）との交流があった。

芥川は「遺書」に何人かの女性の名をあげ、それぞれとの関係の告白ないし弁明をしているが、〈恋愛を感じなかった訣ではない。僕はその時に「越し人」「相聞」等の抒情詩を作り、深入りしない前に脱却した〉と述べた相手が、片山廣子だ。

廣子は美しく教養の豊かな未亡人で、優雅な身ごなしをしていた。大正期の彼女の家はさながら文学サロンの様相を呈し、室生犀星や菊池寛も訪れていた。しかし彼女が最も惹かれた同時代の文学者は芥川龍之介だった。一方、芥川のほうは妻子ある身だったものの、かねて様々な女性と噂があり、まんざら噂だけでもない人なので、廣子に対しても下心がなかったわけではないようだ。実際、ふたりは恋愛関係にあったとみる研究者もいる。

しかし廣子の側には、芥川に惹かれながらも男女としてではなく、対等な人間同士として付き合いたいという気持ちが強かった。確かにそれだけの頭脳と気質のある人だった。芥川は「あの人にだけは適はない」と語ったといわれ、彼女を「シバの女王」に喩えた。となればソロモン王は、いうまでもなく芥川自身だ。この譬えは二人の間では了解事項だったようで、廣子はそれを踏まえて、女性を軽視するソロモンよりもダビデのほうが優れている、などと辛辣なことも書いている。

ソロモンは多くの愛妾を持っていたが、彼女らを精神的にも支配し、知的な意味では軽蔑していた。だがシバの女王には知的にも精神的にも自分の側が支配されてしまう危惧を抱いて脅えたとする。

男は長らく女と対等に向き合うという感覚を知らなかった。経済的に、知的に、あるいは精神的に、少なくとも自分が価値を置く部分においてイニシアティヴを握っていると信じられる時、ようやく男は安心して女と「ふつう」に接することが出来る（また女性側も、自分をリードし得る地位なり経済力なり体力なりを持つ男を、自分に「相応しい」と判定してきた）。それが長らく、安心できる男女関係の基礎だった。近代以降の作家や社会思想家には、男女の平等を説く者も多かったが、それを真に実践できた人は皆無といっていい。芥川もまた、その意味ではふつうの男だったのだろう。

高見順（一九〇七〜一九六五）の「強い女」（初出不詳、昭和五年一月）は非合法の労働運動を支援する女を描いている。女は活動家と結婚していたが共産党の一斉検挙で男が逮捕され、獄中で転向をすると、その不徹底を軽蔑して別れ、今は女給をしながらその稼ぎで別の男たちの活動資金を支えているという「意識の高い女」だ。

高見順は東京帝国大学英文科在学中の昭和三年に左翼芸術同盟に参加し、その機関紙「左翼芸術」に小説「秋から秋まで」を発表、また東大内の左派系同人雑誌七誌が合同した「大学左派」創刊にも関与した。またこの時期、劇団制作座の仕事を通じて知り合った石田愛子と親しくなり、昭和五年に結婚している。

大学卒業後、高見は研究社で英和辞典編集部の臨時雇をしたり、コロムビア・レコード会社教育部に勤務する傍ら、プロレタリア文学の創作を続け、日本プロレタリア作家同盟（ナルプ）にも参加したとされる。しかし昭和八年、治安維持法違反容疑で大森署に検挙されると、獄中で転向を表明し、半年後に漸く釈放された。この間に妻の愛子は別の男と失踪しており、けっきょく二人は離婚するに至っている。発表時期からすれば、「強い女」は高見が転向するかなり以前の作品の筈だが、ここには転向して愛子を失うという未来が、予見的に投影されているように思われてならない。

「強い女」の女は左翼思想に傾倒するインテリで強い意思を持っており、同志でもあった夫が逮捕されて転向して、活動から脱落すると、そんな夫を軽蔑して離別し、別の同志たちを支えるようになる。当時のプロレタリア文学には、このように働く女が陰で左翼運動を支えるという設定の作品がよくみられた。髪を断髪にしたモダン・ガールは、享楽的な都市風俗の象徴だったが、元々アメリカで断髪ファッションが始まったのは、古いタイプの女性美を否定し、女性も男性と同等に社会で活動をすべきという女性解放運動と結びついていた。だからプロレタリア文学には、女給などをしているモダン・ガールが実は……といった作品が多いのも理由がないことではなかった。

それにしても働く女に依存して活動資金を得ている男たちは、本当に「本物」なのだろうか。彼らは労働者であり、本物だと自他共に認めてはいるが、やっていることの実態は女給をしている女の稼ぎで、オルグと称して出歩いているばかりである。つまり女からの搾取に他ならない。男たちは彼女の「繊維産業で組合活動がしたい」という真面目な希望を無視して、稼ぎのいい夜の仕事で働くことを求める。「交通費」というが、そこには飲食費も含まれているのではないか。男たちが検挙されないのは、うまく地下に潜っているからではなく、活動らしい活動をしていないからではないのか。当人たちは本気で共産主義の活動をしているつもりかもしれないが、逮捕されたら前夫のようにあっさりと転向するのではないか……。女の強い意思の健気さの反面、言葉だけの男たちの虚妄性が見え隠れするところに、高見順の表現の巧みさや、自己を含むプロレタリア派の精神のひ弱さへの諦念含みの認識が垣間見える。

堀辰雄（一九〇四〜一九五三）の「辛夷の花」は「婦人公論」昭和一八年六月号に発表された。思えば堀辰雄ほど、戦時下にあって非戦争的な小説を淡々と発表し続けた作家はいなかった。この作品にも戦争の刻印はない。

当時、谷崎潤一郎の『細雪』は時局に合わないという理由で連載が禁じられたし、探偵作家や時代小説家は軍事冒険小説や防諜小説、幕末物など国民精神総動員体制を意識した主題を心掛けざるを得なくなっていた。また多くの作家が報道員として各地に派遣された。そんな中で病身の外地に渡ることが困難だった堀が報道員にならなかったのは当然としても、かねて結核を抱えており、食料や医療品を含むあらゆる物資が次第に乏しくなってい く中、何かと苦労も多かったにもかかわらず、そうした生活の困難や戦局に一言も触れないところに、戦争と距離を取ろうとする堀辰雄の決然たる態度が感じられる。

この時期に書かれた「大和路」や「信濃路」の諸作は一種の日本回帰ともいえるが、堀辰雄のまなざしはあくまで自然や古物の静謐な美しさに向かっている。それは風土や人々の心情への愛や共感であり、大日本帝国という近代国家の枠組とは縁が薄かった。自然を愛し、抵抗するにしても自分らしい穏和でリリカルな姿勢を崩さなかった堀辰雄の、柔和にして強固な人柄が静かに輝く。そして彼に寄り添う夫人の茶目っ気のある態度もまた、当時の日本にあっては稀少で気高いものだったろう。

一方、同じく戦前から戦後にかけて活躍した坂口安吾（一九〇六〜一九五五）の「いずこへ」は、女達とのどうにもならない関係を描いて気迫に満ちている。発表されたのは戦後だが、描かれている内容は戦前の出来事である。この作品は「新小説」第一巻第七号（昭和二一年一〇月）に発表された作品で、初出誌掲載時には小説本文の後に〈私はすでに「二十一」といふ小説を書いた。「三十」「二十八」「二十五」といふ小説も予定してゐる。そしてそれらがまとめられて一冊になる時、この小説の標題は「二十九」となる筈である。〉という「附記」が記されていた。

ただし自伝的な年代記小説はそれぞれ優れた短編として結実はしたものの、全体としてまとめられることはなかった。年代記小説としては「二十一」と「いずこへ」のほかに「石の思い」「風と光と二十の私と」「わがだらしなき戦記」「魔の退屈」「二十七歳」「三十歳」などが書かれたが、「二十五」に相当する作品はない。

これら二〇代の自己を題材にした安吾の年代記は、彼や周辺の若い仲間たち（例えば中原中也）の文学修業期であり、努力と鬱屈と発散暴発を描いて迫力があるが、それと同じくらいの気迫を込めて描かれているのが女達との関係だ。そしてそれらすべての関係の底には、女流作家・矢田津世子へのままならない想いがあった。

矢田津世子は美貌の女性で、プロレタリア運動シンパの行動を描いた「罠を跳び越える女」で文壇にデビューし、「神楽坂」「病女抄録」「波紋」「秋扇」などを残した。安吾とは恋仲だったといわれており、安吾の側が真剣だったのは確かだ。しかし津世子を溺愛する兄や女友達の湯浅芳子らの反対もあって、安吾は巧妙に排斥されていった。安吾は周囲のそうした動きがあることを半ばしか知らなかった。「二十七歳」で安吾は、彼女と別れた懊悩を〈私はまるで彼女の肉体に復讐する鬼のようであった。私は彼女の肉体を辱めるために小説を書いているのかと疑わなければならないことが幾度かあった〉と書いている。もっとも、安吾は別に津世子だけに固執して他を顧みなかったわけではなく、いろいろな女とかかわりを持ったし、それはそれで小説にも描いているのは、本作でも分かる通りだ。そのあまりに滅茶苦茶な関係性と発表時期の関係で、つい戦後占領期の風俗を背景にしているような気分になるが、実際には戦前の出来事だ。安吾が二十九歳の出来事というから、昭和十年である。

津田家の側からすれば、そうした放恣乱脈の傾向を持つ安吾を津世子と切り離すのは当然と思っただろうが、安吾にいわせれば津世子との別れが彼を放蕩へと走らせたということになる。実際、津世子とは二十七歳で別れて三十歳で再訪を受けるまで関係が断たれていたのであり、そうした期間の出来事について、津世子本人ならいざ知らず、津田家から文句を言われる筋合いはないというのが安吾の考えだったろう。

「いずこへ」には幾人かの女が登場する。屋台並みのバーを営んでいる、不美人で教養もなく、世間からは淫奔なだけとさげすまれているものの、親しんでみれば稀にきらりと光るいいところのある女。話者である男の下に毎日通ってくる女房のような女とは、同棲していた酒場ボヘミアンのお安さんがモデルだろうか。そして千人男を知りたいといい、文士から男に可愛く見える術を学ぼうとする女……。皆、一癖も二癖もある存在だが、どこか可笑しみや悲しみを抱えていて、その奥深い描写が秀逸だ。そんな女に一対一で対峙する安吾のまなざしには、相手を罵倒しているときであっても優しさがあり、どんなに欠点だらけに見える人にも何かしらいい所を見出す公平さと救いがある。安吾の小説がどんなに乱脈な生活を描いていても、汚らわしい感じがなく、いっそ清々しく気高くすら感じられるのは、そうした他人の良さを見出すまなざしの故ではないかと思う。

だが、人を見る確かなもののあった安吾も、矢田津世子の本心だけは分からなかったようだ。分かっていても……ということだろうか。

かねて「偉大なる堕落」を本願としていた安吾は、「形の堕落」を軽蔑して魂自体の淪落をもとめたが、それは逆説的な魂の純化であった。だがそういう理屈は分かっても、やはり生活の破天荒ぶりには圧倒され、凡人には理解が及ばぬところがある。だから私たちは無頼派に奇妙な敬意を抱いたりもするのだが、その安吾をも振り回す津世子は、余程魅力的だったのだろう。

ともかく「いずこへ」には、津世子の不在による痛ましい解放感がある。愚行でしか癒されない傷もあるのだ。

久生十蘭（一九〇二～一九五七）は北海道函館生まれで、戯曲家を目指して岸田國士に師事し、岸田が主宰する雑誌「悲劇喜劇」編集に従事。パリ遊学を経て新築地劇場演出部に入り、舞台監督を務めたものの短期間で脱退し、函館中学校の後輩・水谷準が「新青年」編集長だった縁で探偵小説の翻訳に手を染め、自らも探偵小説をはじめさまざまな小説を書くようになる。

「姦」は原題「猪鹿蝶」として「別冊文藝春秋」（昭和二六年二月）に発表された作品。「女三人寄ったら……」というのは往年のお笑いトリオ「かしまし娘」のテーマソングだが、「猪鹿蝶」という原題もまた、三人の女（電話している二人と話題に挙げられている女）を表していただろう。つまり批判する側もされる側も、ちゃっかり度合いにおいては似たり寄ったりであることが窺われる。

この時期、日本はまだ占領軍統治下にあったものの、終戦直後の混乱は脱して、ようやく日常生活に平穏が戻って来つつあった。「姦」の女達は既に華やぎを取り戻しており、そこにはもう戦争や敗戦直後の影はない。サンフランシスコ講和条約が調印されるのは同年九月八日のことだ（発効は翌二七年四月）。とはいえ電話で語られる着物の柄に、豪華ではあっても奇抜なものが立ち混じっているのは、米兵が闊歩する占領下風俗を反映しているのかもしれない。しきりに槍玉にあげられている志貴子の振る舞いなどは、いかにもアプレゲールな強かさだ。

全編が電話での一方的なおしゃべりの形で描かれた異色作で、その構成だけでも興味深い。時々、「まだ話し中ですよ」とか「つないでください」と言っているのは、当時の電話がまだ交換手によっており、回線数も限られていたために、長電話はしばしば途中で切られてしまうといった事情による。長距離電話は交換手に申し込んでおいて、繋がったら呼び出してもらうというような時代だった。

太宰治（一九〇九〜一九四八）の女性遍歴は、心中未遂そのほか、大きなスキャンダル絡みで世に広く知られている。まず旧制高等学校時代に知り合った料亭の仕込妓（芸妓の下働き）だった小山初代とは心中未遂事件を起こした。その後、大学時代に結婚を認めてくれるよう実家と交渉したが、財産分与なしの分家という条件を提示されて落胆し、銀座のカフェの女給・田部シメ子と突発的な心中事件を起こした。太宰は助かったもののシメ子は死んでしまったため、大問題となった。

そうした騒ぎを経て、実家にいろいろと不名誉や経済的負担をかけながら初代との暮らしに入ったものの、太宰は既に気持ちの冷めているところもあり、今度は彼女の不貞が発覚して一緒に自殺を図ったものの未遂に終わり離別した。その後、石原美知子と見合い結婚し（媒酌人は井伏鱒二）、平穏な結婚生活を営んだものの、歌人の太田静子（『斜陽』のモデル）と相知って関係を持ち、さらに戦争未亡人だった山崎富栄と深い仲となって最後は玉川上水で心中を遂げた。

男女のことはどちらか一方だけに責任があるとは言い切れないものであるにせよ、これだけ問題を重ねるのは、やはり太宰の咎が大きかったといわねばならない。実生活において太宰は、女性に刹那的な歓喜は与えたかもしれないけれども、長期的な幸福を与えられる男ではなかった。

それでも太宰作品に描かれた女性たちは、いずれも強く美しく清らかであり、愚かだったり、不幸な境遇にあったとしても、どこかに希望を秘めている。そのような存在として女性を眺める太宰に、女性たちも魅了されたのだろうか。

太宰治の「葉桜と魔笛」は「若草」昭和一四年四月号に発表された作品。若い女性の運命はただそのまま書いたら悲痛さばかりが目立ちそうなものだが、そうしたテーマを老婦人の回想という形をとって、クッションを置いて表現することで、一抹の救いと不思議な多幸感が醸成されている。こうした抒情的テクニックの巧みさ、あえて言うなら過剰な巧みさが太宰治の真骨頂であり、気恥ずかしさでもある。

近代日本文学に描かれた女たちの人生、そしてそれぞれの時代を生きてきた現実の女たちの人生は、平穏に見えても波乱に満ちており、困難であったとしてもふりかえれば、喜びや幸せがまったくなかったわけでもなかったろう。むしろ苦しんだことが大切な思い出だったりもする。

早死にしようと長生きしようと、しょせん人は死ぬ定めにある。生きた長さではなく、その生涯に美しい瞬間があったかどうかのほうが、あるいはずっと大切なのかもしれない。その意味で物語を持った女たちは、みんな決して不幸ではなかったのだ、と信じたい。

出典一覧（初出と底本を示す）

森鷗外「杯」――初出「中央公論」（明治四三〔一九一〇〕年一月号）／底本『鷗外全集』第六巻（岩波書店、昭和四七〔一九七二〕年四月）
田山花袋「少女病」――初出「太陽」（明治四〇〔一九〇七〕年六月号）／底本『定本花袋全集』第一巻（臨川書店、平成五〔一九九三〕年四月）
立原道造「白紙」――初出「こかげ」第三号（昭和七〔一九三二〕年九月）／底本『立原道造全集』第三巻（角川書店、昭和四六〔一九七一〕年八月）
永井荷風「庭の夜露」――初出　原題「隣の座敷」、「活文壇」三巻二号（明治三三〔一九〇〇〕年一二月）／底本『荷風全集』第二巻（岩波書店、昭和三九〔一九六四〕年六月）
山川方夫「昼の花火」――初出「三田文学」（昭和二八〔一九五三〕年三月号）／底本『山川方夫全集』第一巻（冬樹社、昭和四四〔一九六九〕年六月）
泉鏡花「雪の翼」――初出「女学世界」五巻二号（明治三八〔一九〇五〕年二月）／底本『鏡花全集』第六巻（岩波書店、一九四一〔昭和一六〕年一一月）
夏目漱石「硝子戸の中」抄――初出「東京朝日新聞」（大正四〔一九一五〕年一月一三日～二月二三日）／底本『漱石全集』第一七巻（岩波書店、昭和三二〔一九五七〕年

一月）
中島敦「下田の女」――初出「校友会雑誌」三一三号（昭和二〔一九二七〕年一一月）／底本『中島敦全集』第二巻（文治堂書店、昭和四〇〔一九六五〕年六月）
谷崎潤一郎「青い花」――初出「改造」（大正一一〔一九二二〕年三月号）／底本『谷崎潤一郎全集』第一二巻（中央公論新社、平成二九〔二〇一七〕年四月）
芥川龍之介「なぜソロモンはシバの女王とたった一度しか会わなかったか？」――初出「サンデー毎日」（昭和二〔一九二七〕年四月一日春季特別号「三つのなぜ」より）／底本『芥川龍之介』第八巻（岩波書店、昭和五三〔一九七八〕年三月）
高見順「強い女」――初出不詳（昭和五〔一九三〇〕年一月）／底本『高見順全集』第八巻（勁草書房、昭和四五〔一九七〇〕年八月）
堀辰雄「辛夷の花」――初出「婦人公論」（昭和一八〔一九四三〕年六月号）／底本『堀辰雄全集』第三巻（筑摩書房、昭和五二〔一九七七〕年一一月）
坂口安吾「いずこへ」――初出「新小説」一巻七号（昭和二一〔一九四六〕年一〇月）／底本『坂口安吾全集』第四巻（筑摩書房、平成二〔一九九〇〕年三月）
久生十蘭「姦」――初出　原題「猪鹿蝶」、「別冊文藝春秋」（昭和二六〔一九五一〕年二月号）／底本『久生十蘭全集』Ⅱ（三一書房、昭和四五〔一九七〇〕年一月）
太宰治「葉桜と魔笛」――初出「若草」（昭和一四〔一九三九〕年四月号）／底本『太宰治全集』第二巻（筑摩書房、昭和三〇〔一九五五〕年一一月）

編集付記

一、旧字・旧仮名遣いは新字・現代仮名遣いに改めた。また適宜、改行を施した。
二、明らかな誤字・脱字は訂正した。
三、外来語や地名・人名などのカタカナ表記は現在、多用される表記に改めた。
四、今日の人権意識に照らして、民族・職業・疾病・身分について差別語及び差別表現があるが、本作品が描かれた時代背景や著者が故人であることを考慮し、発表時のままとした。

編集部

中公文庫

文豪《ぶんごう》と女《おんな》

——憧憬《しょうけい》・嫉妬《しっと》・熱情《ねつじょう》が渦巻《うずま》く短編集《たんぺんしゅう》

2020年9月25日　初版発行

編　者　長《なが》山《やま》 靖《やす》生《お》

発行者　松田 陽三

発行所　中央公論新社
〒100-8152　東京都千代田区大手町1-7-1
電話　販売 03-5299-1730　編集 03-5299-1890
URL http://www.chuko.co.jp/

ＤＴＰ　平面惑星
印　刷　三晃印刷
製　本　小泉製本

Published by CHUOKORON-SHINSHA, INC.
Printed in Japan　ISBN978-4-12-206935-0 C1193

中公文庫既刊より

各書目の下段の数字はISBNコードです。978－4－12が省略してあります。

こ-21-6
田端文士村
近藤富枝

巨星芥川の光芒のもとに集う犀星、朔太郎、堀辰雄ら多くの俊秀たち。作家・芸術家たちの濃密な交流を活写する澄江堂サロン物語。〈解説〉植田康夫

204302-2

は-67-1
文士の時代
林忠彦

紫煙のなかの太宰治、織田作之助、坂口安吾。そして川端康成、谷崎潤一郎、三島由紀夫ら文豪たちの素顔をとらえた写真集がよみがえる。〈解説〉林義勝

206017-3

う-30-3
文士の食卓
浦西和彦 編

甘いものに目がなかった漱石、いちどきにうどん八杯を平らげた「食欲の鬼」子規。共に食卓を囲んだ家族、友人、弟子たちが綴る文豪たちの食の風景。

206538-3

う-30-1
「酒」と作家たち
浦西和彦 編

『酒』誌に掲載された川端康成ら作家との酒縁を綴った三十八本の名エッセイを収録。酌み交わし、飲み明かした昭和の作家たちの素顔。〈解説〉浦西和彦

205645-9

な-52-4
文豪と酒　酒をめぐる珠玉の作品集
長山靖生 編

漱石、鷗外、荷風、安吾、太宰、谷崎ら16人の作家と白秋、中也、朔太郎ら9人の詩人の作品を厳選。酒に託された憧憬や哀愁がときめく魅惑のアンソロジー。

206575-8

な-52-5
文豪と東京　明治・大正・昭和の帝都を映す作品集
長山靖生 編

繁栄か退廃か？　栄達か挫折か？　漱石、鷗外、鏡花、荷風、芥川、谷崎、乱歩、太宰などが描いた珠玉の作品を通して移り変わる首都の多面的な魅力を俯瞰。

206660-1

な-52-6
文豪と食　食べ物にまつわる珠玉の作品集
長山靖生 編

子規が柿を食した時に聞こえたのは東大寺の鐘だった？　潔癖症の鏡花は豆腐を豆府に！　漱石、露伴、荷風、谷崎、芥川、久作、太宰など食道楽に収まらぬ偏愛的味覚。

206791-2